TAKE
SHOBO

絶対君主の甘美な寵愛

薄命の王女は愛に乱れ堕ちて

すずね凜

Illustration
旭炬

MitsuNeko

contents

イラスト／旭炬

絶対君主の甘美な寵愛

薄命の王女は愛に乱れ堕ちて

序章

夜半過ぎから降り続く雨は、夜明け前に雷を伴う激しい暴風雨にかわった。

バッハ王国の国境いにある王家の離宮では、臨月の王妃が出産を控えていた。

王妃は三日三晩、断続的に襲ってくる陣痛に耐えていた。

六度目の妊娠である王妃はもともと身体が弱く、今回の出産には耐えられないかもしれないと、かかりつけの医師に忠告されていた。

王妃の身を案じて、国王は出産を諦めるように説得しようとした。しかし、国王と子どもを心から愛している王妃は、どうしても産みたいと譲らなかったのだ。

王妃のベッドの周りでは、医師や看護師、侍女たちがつききりで、出産に立ち会っている。

「王妃様、もう赤子の頭が見えておりますよ、もう少しのご辛抱でございます」

侍女の一人が、王妃の耳元で声をかける。

「うう、ああ……っ」

王妃は蒼白《そうはく》な顔で歯を喰《く》いしばり、最後の力を振り絞るようにして大きく息を吐いて、イキんだ。

「おぎゃあああああっ」

部屋に赤子の元気な泣き声が響いた。

「まあ、珠のようにお美しい姫君でございますよ、王妃様！」

赤子を取り上げた産婆が、喜ばしげな声を上げる。

「ああ……私の娘……よかった、無事に……」

王妃は安堵《あんど》の表情を浮かべ、細い手を赤子の方に差し伸べた。

その直後だ。

ガシャーンガシャーンとけたたましい音を立てて、東向きの窓のガラスがすべて破れた。激しい暴風雨が離宮の中に吹き込んできた。

出産部屋の窓も吹き飛ばされ、暴風でめちゃくちゃに内部が掻《か》き回される。部屋の調度品や小物が次々に床に倒れ落下し、破壊音が響き渡る。侍女たちが悲鳴を上げた。

「危ないっ、王妃を守るのだっ」

侍医が叫び、侍女たちは必死で王妃のベッドに寄ろうとした。

と、破れた窓から、なにか真っ赤な鳥のようなものが飛び込んできた。

見たこともない大きな蛾《が》だ。大人の手のひらほどの大きさもある。

風に乗ってその大きな蛾は、産婆の抱いている赤子に向かって一直線に飛んでいく。

王妃はハッと目を見開いた。

「娘が……危ないっ」

王妃はベッドから這《は》いずるように降りようとして、床にどさりと落ちた。

「王妃様っ」

侍女たちが慌てふためいて、王妃を抱き起こそうとした。

「ふぎゃあああああっ」

刹那、赤子の悲痛な泣き声が響いた。

真っ赤な蛾が、赤子の顔にべたりと張り付いたのだ。

「きゃああ」

産婆は悲鳴を上げ、動揺して赤子を取り落としそうになる。

咄嗟《とっさ》に侍医が赤子を抱きとめ、赤子の顔に張り付いた蛾を毟《むし》り取《と》った。

床に蛾を叩《たた》きつけた侍医は、靴で思い切り踏み潰す。体液の飛び散るぐじゅっという嫌な音が響いた。

赤子の額がみるみる真っ赤に腫れていく。

「これは——!?」

侍医の顔色が変わる。

彼は踏み潰した赤い蛾を、恐怖の表情で見つめた。

「この蛾は、もしや――」

王妃を抱き起こした侍女が、侍医に向かって絶叫した。

「先生っ、王妃様がっ！　息をなさっておりません！」

「なんだとっ!?」

侍医は赤子を抱いたまま、王妃のそばに跪《ひざまず》いた。

王妃は目を閉じたまま、ぴくりともしない。

侍医は赤子を侍女に託すと、ぐったり垂れた王妃の片手を取って、手首の脈を探る。侍医の顔色が変わる。

「――」

赤子を抱いた侍女が、震える声を出した。

「先生、王妃様は？」

侍医はうなだれて首を横に振った。

「すでに、身罷《みまか》られておられる――」

侍女たち間から、悲嘆の声が上がる。

「そんな、そんな――ご無事に出産あそばされたのに」

「こんな悲劇がありましょうか!?」

「お気の毒な王妃様！」

侍医は呆然《ぼうぜん》としてつぶやいた。

「なんということだ——こんなことが——悲劇はこれだけではない——生まれたばかりの姫君にも、恐ろしい運命の刻印が押されてしまったのだ」

赤子は火がついたように泣き続けている。

腫《は》れ上がった赤子の額の真ん中に、蛾が刺したような赤い跡がぽつんとあった。

第一章　冷酷皇帝陛下へ嫁ぐ日

大陸一の面積と国力を誇るハイゼン皇国の南端に、寄り添うようにして属国のバッハ王国がある。バッハ王国は、ハイゼン皇国の二十分の一の面積しかない農業主体の小国だ。

そのバッハ王国の首都から、第三王女ミリセントを乗せた馬車と護衛の兵士たち一行が、国境を越えてハイゼン皇国の首都、皇帝ジルベスターのいる城を目指していた。

「姫君、昼過ぎには首都に到着する予定です。お疲れのようでしたら、しばらく横になられますか？」

ミリセント王女のお付きの侍女フリーダが、向かいの席から声をかける。彼女は、ミリセントが生まれた時、王妃に付き添っていた侍女の一人だった。王妃が身罷る際、侍医から受け取ったミリセントを抱いていたのが、彼女だ。それ以来、ずっとミリセントの側付き侍女として忠実に仕えてくれている。

「だいじょうぶよ、フリーダ。景色を見ているほうが、気分がいいの」

ミリセントは揺れる馬車の窓から、延々と続くハイゼン皇国の草原をじっと眺めていた。

今年十八になったばかりのミリセントは、小柄でまだ少女のようなほっそりした身体つきだ。手のひらに乗るような小作りの顔は透き通るように色が白く、アメジスト色のぱっちりした瞳、綺麗《きれい》に通った鼻筋、少しツンとした赤い唇があどけない美貌にほのかな色気を添えている。艶《つや》やかな髪は烏《からす》の濡《ぬ》れ羽色で、大人っぽく結い上げてあるが、それがかえって折れそうななじを、いかにも頼りなく見せている。

（進んでも進んでも畑と牧場が続く——なんて広い……バッハ王国とは比べ物にならない豊かで大きな国なのだわ）

ミリセントは不安げにため息をつく。

これからミリセントは、ハイゼン皇国の皇帝ジルベスターに嫁いでいくのだ。

嫁ぐといっても、実質は人身御供《ひとみごくう》だ。

ハイゼン皇城には昔から、大陸中の美女を集めた後宮がある。代々の皇帝陛下は複数の妻を娶《めと》り、多くの子を成している。

そのため各属国は、ジルベスター皇帝のご機嫌取りのために、自国の美女や王女をこぞって捧《ささ》げている。バッハ王国もそれに倣《なら》い、末王女のミリセントを嫁がせることにしたのだ。

一夫多妻制のハイゼン皇帝家において、ミリセントは何人目の妻になるのかすらわからない。ジルベスター皇帝は、捧げられた女性たちをすべて受け入れているという。各国の選《よ》り抜《ぬ》きの美女がすでにジルベスターの元へ嫁いでいるのだ。ということは、もはやジルベスターは小娘のミリセントになど目もくれないかもしれない。

けれど、ミリセントには悲痛なほどの堅い気持ちがあった。

皇城に入ったら、必ずジルベスター皇帝のお情けをいただき、その子を身籠るのだ。

それもなるだけ早く、できれば一年以内に。

ミリセントの願いはそれだけだ。

(なんとしても、皇帝陛下のお気に召していただかなければ――私の存在する意味がない)

ジルベスター皇帝には、まだ子どもが成されていないらしい。ならば、艶福家《えんぷくか》という噂《うわさ》の皇帝陛下ならば、ミリセントにもわずかばかりでも希望がある。

「もはや、お前が我がバッハ王国のために役立つとしたら、それのみだ」

国を立つ別れ際に、父王は冷たく言い放った。

父王は、亡くなった王妃をとても愛していた。そのため、王妃が出産と引き換えのように命を失ったことで、ミリセントのことをひどく疎ましく思っているのだ。幼い頃から、父王から親らしい言葉をかけてもらったことはなかった。

「皇帝陛下の子を孕《はら》むのだ。できれば男子をな。さすれば、我がバッハ王国は大きな後ろ盾を手に入れ、先行きも安泰だ。なんとしても、皇帝陛下の寵愛《ちょうあい》を手に入れよ」

父王の冷酷な言葉は、胸に刺さる。

だが今のミリセントには、その言葉すら希望に思える。

ずきり、と心臓が痛んだ。

「あ……っ」

ミリセントは思わず胸を押さえた。呼吸が乱れる。うつむいて浅く息をすると、抉《えぐ》るような痛みはすぐに引いた。

フリーダが気遣わしげな声を出した。

「姫君、お苦しいですか？」

ミリセントは首を横に振り、ぎゅっと拳を胸に押し付け、自分に言い聞かせる。コルセットの内側に忍ばせてある小さな銀のペンダントロケットの感触を感じ、わずかに気持ちが落ち着いた。幼い頃から大事にしている、母王妃の残してくれた唯一の形見だ。

「しっかりするのよ、ミリセント。しっかり……」

定刻通り、ミリセント一行はハイゼン皇国の首都に入った。

石畳の広い通りには、荷馬車や乗合馬車がひっきりなしに行き交い、沿道に立ち並ぶ堅牢《けんろう》な石造りの建物は、どれも大きさも高さも整い、きちんと設計されている。下水道も完備されているようだ。通りを賑《にぎ》わせている住民たちは、貴族から商人まで、清潔な身なりをして栄養状態もよく、満ち足りた生活をしていることを伺わせた。

片やバッハ王国は、首都ですらまだ土路《つちろ》のままだ。建物は王城以外は、木造か泥を乾燥させた平屋のレンガ作りの家ばかり。溝を掘っただけの排水溝は、常にどぶの水が腐った嫌な匂いを放っている。平民たちは身なりに構う余裕はなく、裸足《はだし》で暮らしている者がほとんどだ。王家は経済成長に力を注いでいるが、民たちの生活はまだまだ貧しい。

もし、ミリセントが皇帝陛下の後継を産めば、バッハ王国に多大の援助ができるだろう。そうなれば、この世にミリセントが生まれてきた意味もある。

ミリセントは目を丸くして外の景色を見つめながら、そんなことをつれづれに考えていた。

「姫君、ほら、皇城が見えてまいりましたよ。まあ、なんて大きなお城でしょう」

フリーダが窓の外を指差す。

ミリセントは、大通りの先の小高い丘の上に立つ、白亜の城に目を奪われた。

バッハ王家のこじんまりした城に比べ、何十倍も大きく見えた。

「昔絵本で読んだ、雲の国の巨人のよう……」

みるみる近づいてくる皇城に、ミリセントは緊張がいや増すのを感じた。

一方。

皇城の最上階にある眺めのいい自室で、今年二十五歳になる若き皇帝ジルベスターは、難しい顔をして窓際に立っていた。足元には、大型のシェパード犬が伏せの姿勢でうずくまっている。

また一人、哀れな乙女が皇城に送り込まれてくる。

窓の外から眼下を見ると、皇城の正門に続く坂道を、わずかな警護の兵に囲まれ小さな馬車が上ってくる。あれが、今度入城するバッハ王国の王女の乗る馬車か。

小国の王女らしい慎《つつ》ましい輿《こし》入れに、めでたさより痛ましさが先立つ。

十八歳になったばかりだと聞いているが、彼女の容姿や経歴にはまったく興味がない。どうせ、大国ハイゼンの皇帝の寵愛を得ようと、めいっぱい飾り立て媚態《びたい》を振りまこうとするだろう。

どの女も一緒だ。うわべの美しさや偽りの優しさなど何の価値もない。ジルベスターがほんとうに欲しいのは、そんなものではない。

ジルベスターは軽くため息をついた。

上着の内ポケットから、銀製の煙草《たばこ》入れを取り出してじっと見つめた。ジルベスターは煙草を嗜《たしな》まない。だがこの煙草入れは肌身離さず持ち歩いている。そっと煙草入れを振ると、からからと乾いた音がした。その音を聞くと、心がじんわり優しくなるのだ。

「一刻も早く、後宮などという愚かしい制度は廃止せねばならぬな」

彼は決意を込めてつぶやく。

足元の大きな黒い犬が、顔を上げてかすかに鼻を鳴らした。

「ああ、心配するなゼーダ。私はうまくやるとも」

ジルベスターは身体を屈《かが》めて、愛犬の頭を優しく撫《な》でてやる。

ともあれ、もはや到着してしまうバッハ王国の姫君を迎えねばならない。

ジルベスターは煙草入れを内ポケットに仕舞《しま》うと、踵《きびす》を返し、扉口に待機していた侍従に声をかける。

「謁見室に参る！」


「王女殿下、こちらでお待ちください。まもなく、皇帝陛下が御目通《おめどお》りに参ります」

バッハ王城がすっぽり収まるかと思うほど広い皇城の玄関広間から、ミリセント一人だけ案内係に奥の謁見室に案内された。

途中の廊下には高価な東洋の絨毯《じゅうたん》が敷き詰められ、高いアーチ型の天井からは煌《きら》びやかなクリスタルのシャンデリアがいくつも下がっている。壁には一面神話の場面を描いた緻密なフレスコ画が描かれ、まるで美術館のようだ。

赤絨毯の敷かれた階《きざはし》の一番下に誘導された。階の上には、様々な宝石で飾られた立派な玉座が設《しつら》えてある。玉座の後ろにどっしりとした扉があるのがわかった。あそこからジルベスターが姿を現わすのだろう。

なにもかも圧倒的な豪華さと威圧感で、小柄なミリセントは萎縮してますます自分の身が縮まるような気がした。

おそらく謁見の場で、皇帝陛下から自分のことを検分されるのだろう。

肖像画や自分の経歴はあらかじめ送ってあったが、ジルベスター側からは「道中気をつけてお越し願う」という、定型文のような返事が帰ってきたのみだ。すでに後宮に多くの美女がいる皇帝陛下は、小国の王女になど興味がないのかもしれない。

ミリセントの方は、ジルベスターの肖像画と経歴を頭の中に叩《たた》き込《こ》んできた。目も覚めるような美麗な肖像だった。文武両道でその若さで次々に新しい政策を押しすすめ、さらに国力を増しているという切れ者の皇帝だと——。

そんな才気《さいき》煥発《かんぱつ》な皇帝陛下に、どのようにすればお気に召してもらえるのかわからない。わからないけれど、自分なりに誠意を込めて対峙《たいじ》しようと思う。

心臓がドキドキする。

もし謁見の最中に発作が起きてしまったらどうしよう。発作は突然襲ってくる。特に、緊張したり恐怖を感じたりすると起きやすいのだ。

ミリセントは何度も深呼吸して、気持ちを落ち着けようとした。

「ジルベスター・バルツァー四世陛下の御成《おな》りです！」

ふいに、呼び出し係の大音声が響き渡り、ミリセントは慌てて深く頭を下げた。

かつかつと小気味良い足音が響き、玉座に座る気配がする。

「よく参られた。王女殿下」

よく通る男らしいバリトンの声。耳障りがとてもよくて、聞くだけで女性を魅了するような深みのある声だ。ミリセントは体温が急激に上がるのを感じた。

「御目通り感謝します。陛下、ミリセント・バッハでございます。陛下にはご機嫌麗しゅう……」

震える声で答えると、ぴしゃりと言葉を断ち切られた。

「堅苦しい挨拶はもうよい。顔を上げなさい」

感情のこもらない声色に、怯《おび》えながらおずおずと顔を上げる。

「っ……！」

ジルベスターを一目見た瞬間、ミリセントは息が止まるかと思った。

肖像画よりも何倍も整った容姿だ。

艶やかな金髪を綺麗に撫《な》で付け、知的な額を強調している。鋭角的な男らしい端整な面立ち、切れ長の瞳は深い青、鼻筋は高く通り、形のいい唇は意志が強そうにきりりと結ばれている。耳に飾られたターコイズのピアスが、さらに美貌を引き立てていた。四肢が長くてかなりの高身長であろうとわかる。ぴったりした群青色の軍服式礼装は、鍛え上げられた身体の線を強調していて、きちんとしているのにひどく肉感的だ。

数秒見惚《みと》れていたことに気がつき、慌てて顔を下げた。

玉座からジルベスターの鋭い視線が刺さるようだ。

「あなたは十八と聞いているが、歳よりずいぶんとお若く見えるな」

ジルベスターが少しからかうような口調で言う。

童顔で幼いと指摘されて、ミリセントは顔に血が上るのを感じた。皇帝陛下の妻にふさわしくないと、暗に言われたような気がしたのだ。

顎をキッと引き、まっすぐにジルベスターを見た。

「確かに歳より若く見られることが多いですが、もう十分結婚できる年齢にございます。陛下のお気に召すよう、誠意努力してまいります」

決意を込めて言うと、言い返されるとは思っていなかったのか、ジルベスターがわずかに目を見開いた。

「そうか——意気込みは良し。だが、そう気を張ることはないのだよ」

ジルベスターの声が柔らかくなった。それから彼は、おもむろに立ち上がって階を降りてきた。

「え？」

一歩一歩近づいてくるジルベスターに、どう対処していいかわからず、ミリセントは立ち尽くした。

目の前に立った彼は、思った以上に背が高い。

小柄なミリセントは思わず見上げてしまい、その威圧感に肝が縮む気がした。

ジルベスターがゆっくりと背を屈めた。

視線が下がってくる。

わざわざミリセントの顔の位置に自分の顔が来るように、ジルベスターは跪いたのだ。恐れ多くて震え上がってしまった。

美麗な顔が目の前にあり、彼の息遣いまでわかる。これほど端整な青年にこんなにも至近距離で差し向かいになったことなどない。ミリセントは緊張で頭がくらくらして、脈動が速まってしまう。

ジルベスターは表情を緩め、労わるような声で言う。

「こんなに小さい身で、ひとり我が国に嫁いできたのだね。さぞや心細いだろう」

ジルベスターが片手を差し出した。

「来なさい。あなたの住む予定の部屋にお連れする」

ミリセントは目をぱちくりする。皇帝陛下自ら案内するというのか。

おずおずと片手をジルベスターの手に預ける。なんて大きな男らしい手だろう。節高な長い指は無造作に爪が短く整えられ、剣ダコのようなものが手の平のあちこちにある。玉座に踏ん反り返っているのではなく、常に自分が先頭に立って行動する人なのだろう。

素敵な手だ。とても好ましい。

ミリセントはなぜか、胸がじんわり温かくなるような気がした。

ジルベスターは立ち上がると、ミリセントの手を引いてゆっくりと歩き出す。謁見室を出て、長い廊下の突き当たりを目指していく。

背後から、護衛らしい兵士たちが数人足音を立てずに付いてくる気配がする。

ミリセントは、なにか気の利いた会話をしなければと頭の中で焦るが、ジルベスターに握られた手が熱く燃え立つようで、ドキドキが止まらない。

廊下の突き当たりの両開きの扉が開かれると、屋外の回廊に出た。

眩《まぶ》しい陽《ひ》の光に、ミリセントは目を瞬く。

手入れの行き届いた庭に、様々な花が咲き乱れ、そこを抜けるようにして白亜の回廊が続いている。まるで天国へ続く道のようで、別世界みたいに美しい風景だ。思わずきょろきょろと庭を見回していると、ジルベスターが肩越しに振り返って薄く笑う。

「美しい庭だろう？　女性は花が好きだというから、後宮の周りは四季折々の花が咲くようにさせてある」

「ほんとうに、綺麗です……」

後宮という言葉を聞いて、緩んでいた気持ちがにわかに引き締まった。

回廊の先に、平屋造りの白亜の建物が見えてきた。

あれが後宮で、皇帝陛下に仕える数多《あまた》の美女が住んでいるのだ。

回廊の途中でジルベスターが立ち止まった。

「あそこに、あなた用の部屋を用意させた。そこで、充分英気を養い、しかるのち、あなたのやりたいことを希望するといい」

ミリセントは首を傾ける。

「私の、やりたいことって……陛下にお仕えするだけではないのですか？」

あまりにあどけない質問だったのか、ジルベスターは足を止めて身体ごと振り返った。

彼は軽くため息をつくと、側のベンチを指差した。

「姫君、そこに座ろうか。私の本意をお話ししよう」

ミリセントは言われるまま、ベンチに腰を下ろした。

横にジルベスターが座る。狭いベンチは、大柄な彼が座ると自然とミリセントと身体を寄せ合うような形になり、思わず身を硬くしてしまう。

ジルベスターはまだ片手を握ったまま、その上にもう片方の自分の手を重ね、ゆっくりと話し出す。

「私は、貢物の女性をほしいままにする気は、毛頭ないのだ」

「？ ――」

何を言おうとしているのか？

「後宮には、これまで私に献上された女性たちが、それぞれ好きな生き方をしている。仕事をしたい者には、それ相応の職業指導をし、仕事を与えている。結婚したいという者には、定期的に年頃の貴族の男子を集めた懇親パーティーを開き、彼女たちの好ましいと思う相手に嫁がせてやっている。趣味に生きたいという者は、絵でも音楽でも裁縫でも、好きな道を極めさせてやっている。だが、誰一人、私の妻にはしていない」

「？」

ジルベスターはどの女性とも結ばれていないというのか。

ミリセントは衝撃で、身体中の血が冷えていくのを感じた。

ジルベスターは、青ざめたミリセントの様子を勘違いしたのか、さらに子どもに言い聞かせるみたいな口調になった。

「安心しなさい。あなたの身体をどうこうするつもりはないのだ」

「……」

「だから、あなたも安心して自分の好きな生き方をしなさい」

ミリセントは震える唇から声を絞り出した。

「わ、私の望みは、陛下のお情けをいただくことだけです……！」

ジルベスターが綺麗な眉をかすかにしかめる。

彼は身を屈め、さらに顔をミリセントに寄せ、聞き分けのない子どもをあやすみたいに言う。

「だから、そのような思い込みは——」

ミリセントはぎゅっと唇を噛《か》み締《し》め、まっすぐにジルベスターの青い目を見つめた。

彼の眉が困惑したように顰《ひそ》められる。

「いいえ、私は陛下のお情けをいただき、お子を成すことだけが望みなのです！」

ミリセントは必死で言い募った。

みるみるジルベスターの表情が不機嫌そうになった。

彼はさっと手を離した。

そして、ひどく険悪な声色で言う。

「なんと、あどけない容姿に似合わず、あさましいことだな」

先ほどまでの柔らかな物言いと一変して、侮蔑に満ちた言葉を投げつけられ、胸がずきんと痛んだ。

ジルベスターは軽蔑したように言い募る。

「まだ若いあなたに未来を拓《ひら》かせようという私の申し出より、王妃の座について国の権力が欲しいと言うのか？　その若く無垢《むく》な美貌と肉体で、私を惑わすことだけを考えていると？」

ミリセントは屈辱感で声を失う。

（未来など——私には、ないの……）

言葉を尽くせば尽くすほど、ジルベスターに疎まれそうだ。だが、懇願するよりすべがない。

「お願いです、陛下。私の身も心も、陛下に捧げるつもりで来ました。この私の決意を、どうか無下にしないで欲しいのです」

「もうよい」

ふいにジルベスターが立ち上がった。

彼は顔を背けて言い放つ。

「部屋へは、部下に案内させよう。委細は、そこであなた付きの侍女頭に聞くとよい。私は本城に戻る——もし、それが不服というのなら」

ジルベスターが冷ややかな眼差《まなざ》しで見下ろしてくる。

「あなたの国に帰るがいい。私は止めはしない。よろしければ、あなたは無垢のまま国に戻ると、私から一筆《いっぴつ》入れても良いぞ」

皮肉交じりの言葉が、ミリセントの繊細な心にぐさりと突き刺さる。

ジルベスターが踵を返そうとしたので、ミリセントは思わず彼の袖に縋《すが》っていた。

「待ってください、陛下。どうか、どうか、私を見捨てないで……私には、もはや陛下しかおられないのです。どうか、一晩だけでもお情けを、どうか……！」

「恥知らずなまねはやめるのだ！」

ジルベスターが邪険に腕を払った。

「あっ……」

その勢いで足元がよろめく。次の瞬間、ミリセントは心臓がきゅーっと締め付けられるような苦しさに、息が詰まった。

「あ、あ、あ――」

耳の奥がキーンと鳴り、目の前が真っ暗になる。

意識が霞《かす》む。全身から力が抜けていく。

仰向《あおむ》けで後ろにばたりと倒れそうになった。

「姫っ⁉」

とっさにジルベスターが背中を抱きとめてくれるような気がしたが、そのまま気を失ってしまい、何もわからなくなった――。


なにもかも意外なことばかりで、あの小さな王女には驚かされてばかりだ。

ジルベスターは、後宮の奥に新しく準備させたミリセントの部屋のソファに、深くもたれて思いにふけっていた。

時折、気遣わしげに寝室の扉を見遣《みや》る。

皇帝であるジルベスターには片付ける事案は山積みだ。

宰相ゴッデルの率いる反皇帝派の多い貴族議会を、取りまとめるだけでも一苦労なのだ。

ミリセントのことは医師に任せ、自分は執務に戻ってもよかった。

だが、どうしてか居ても立っても居られない気持ちで、ミリセントの側を離れることができなかった。

突然、ゼンマイのネジが切れた人形のように、ミリセントがぱたりと真後ろに倒れたのには肝を冷やされた。普段から機敏に動く訓練をしているジルベスターだからこそ、彼女が床に後頭部を打ち付ける寸前で抱き止めることができた。

抱き上げたミリセントの身体は思っていた以上に軽く、痛ましさがいや増した。

それまで、必死にこちらの気を引こうとしていた態度には、正直失望していた。

初対面でミリセントと会った時には、なんといたいけで純粋な美しさに満ちた乙女だろうと、感銘を受けていたのだ。こんなにも無垢で澄んだ瞳を持った乙女を、ジルベスターは見たことがないと思った。

いや、その昔、一人だけジルベスターの心を揺さぶった少女がいた。真っ白な髪をした透き通るように美しい少女だった――。まるでこの世のものではなく、天使か妖精のように儚《はかな》げでもろい美貌だった。けれど、少女は強い意志を持っていた。少年だったジルベスターは、その少女に魅了され、激しい恋心を抱いた。けれど、生木を裂くように彼女と引き離されてしまい、それから二度と会うことは叶《かな》わなかった――。

彼女の面影に、ミリセントはどこか似ている。甘酸っぱい思い出を揺さぶられたせいだろうか、心ならずも胸が熱くなってしまい、しばらく言葉を失ってしまったほどだった。

ジルベスターの胸までしか背丈が届かないようなちっぽけな姿で、たった一人で大国の皇帝に嫁がされて、さぞや心細いだろうと案じた。保護者のような、もしくは兄のような感情が芽生えていた。

だから、できるだけのことをしてやろうと思っていた。

これまでも、献上された各国の乙女たちは、皆無垢のまま後宮に住まわせ、彼女たちが望む生き方を与えてやっていた。

ジルベスターは誰一人にも、一指《いっし》も触れずにいた。

心ならずも見ず知らずの皇帝に嫁いできた哀れな乙女たちを、欲望のままに汚すまいと思った。

無論、乙女たちの多くはジルベスターの歓心を買おうとしたが、ジルベスターの誠実な態度を知ると、それぞれに自分の生き方を模索しはじめ、生きがいを別に見出していた。

だから、今回の王女もそうなるだろうと思っていたのに。

彼女は頑なまでにジルベスターの情けを欲しがった。

皇帝陛下の子を成すことだけが、自分の使命のように懇願した。

それが彼女の役目だと、自国で洗脳されてきたに違いない。貧しい属国であるバッハ王国は、若く無垢な王女を差し出すことで、どうにかしてハイゼン皇国の後ろ盾を手に入れたいのだろう。

そのように生きることを強いられた年若いミリセントに、哀れみすら覚えた。

静かに寝室の扉が開き、皇室付きの医師と看護婦が中から出てきた。

ジルベスターはハッとして立ち上がる。

「王女の具合はどうか？」

高齢だが国一番の知識と腕を持つ医師は、ジルベスターを見上げ落ち着いた声で言う。

「もう心配ありません。緊張と疲労のせいで失神なさったのでしょう。ほどなく気がつかれると思います」

「そうか」

ジルベスターはホッと息を吐いた。

と、医師が声を潜めた。

「しかし、一つ問題が——そこの控えの間でお話ししたいことがあります」

「問題？　わかった、聞こう」

ジルベスターは何事かと表情を引き締め、医師と控えの間に入った。

扉を閉めると、医師は難しい顔つきになる。おもむろに医師が口を開いた。

「陛下、かの王女殿下は、奇病を患《わずら》っておられるようです」

「奇病？」

「はい。心臓に寄生虫が巣くっておられます。王女殿下の左のお胸の上に、不可解な蝶《ちょう》の形の赤い痣《あざ》が出ておりまして、不審に思い詳しく診察しました」

　ジルベスターは目を見張る。

「寄生虫だと？　虫下しでは治らぬのか？」

　医師は首を振る。

「陛下、この虫は、海を越えた灼熱《しゃくねつ》の大陸で生息するもので、この大陸には存在しません。ただ、ごく稀《まれ》に嵐などに巻き込まれて、こちらの大陸に飛んで来ることがあります。おそらく、王女殿下は幼い時に、その成虫に刺されて卵を産み付けられたのだと思われます」

「なんと――」

「いにしえからの医学書によれば、この虫の幼虫は生き物の心臓深くに食い込み、そこで栄養を得ながら二十年、潜むようです」

「二十年――」

「はい。医学書を頼りに王女殿下の胸の上から診断したところ、幼虫はあと数年で成虫に羽化する模様です」

「羽化すると、どうなるのだ？」

「――」

　医師が口を噤《つぐ》んだ。

「答えよ」

ジルベスターは強い口調で促す。

医師は低い声で答えた。

「成虫は宿り主の心臓を食い破って飛び出して来るそうです。宿り主はそこで絶命するとか――」

「!?」

ジルベスターは息を呑《の》んだ。

「あの姫が、あと数年で心臓を食い破られて命を失うと？　なにか治療法はないのか？」

医師が力なく首を振る。

「この大陸では治療例がほとんどありません――幼虫を殺す薬はあるらしいのですが、それをどこで手に入れるのかも、まだ不明です」

ジルベスターは思わず医師に詰め寄った。

「薬があるなら、手を尽くして探すのだ！　いたいけな姫を、このままにしておくわけにはいかない――このことは、他言無用だぞ」

医師は深く頭を下げた。

「御意」

医師が部屋を出ていくと、ジルベスターはしばらく唇を噛《か》んで考え込んだ。

思いもかけない事態だった。

ミリセントに自由に生きる未来を与えようと思っていたのに、その彼女が後数年の命だというのか。ミリセントは自分の病気のことを知っているのだろうか。

もしかしたら、バッハ王国は不治の病の王女を厄介払いも含めて、送り出したのではないだろうか。六人目の末娘で命の長くない王女を、ひとときに皇帝陛下の慰みものとして献上してきたのだろうか。

あまりに酷《ひど》い仕打ちだ。なんと可哀想《かわいそう》な王女であろうか。

ジルベスターは、ちりちりと胸が灼《や》けるような息苦しさを感じた。

なんという感情かわからないが、やるせなく口惜しく苛立たしく、しかしなにか甘い。あの王女を守りたい、治してやりたいと心から思った。

極上の酒を口に含んだ瞬間のような心地よさも混じった、複雑で理解しがたい気持ちが湧き上がり、ジルベスターは戸惑っていた。

と、扉を遠慮がちに叩き、看護婦の声がした。

「陛下、王女殿下が気がつかれました」

ジルベスターは我に帰り、居住まいを正した。

「わかった。今行く」

ミリセントは夢を見ていた。

あれはミリセントが七歳になった夏だ。

時折心臓の発作を起こすミリセントは、暑い夏は国境近くの山裾にある王家の別荘で過ごすのが習わしだった。

わずかなお供だけで同い年の友だちもなく、広い別荘で一人きりで過ごす夏。

寂しいけれど、別荘の周囲は緑滴る森で美しい花々が咲き乱れ、毎年訪れて馴染《なじ》みになった小鳥や鹿たちが顔を見せてくれる。ミリセントは愛犬パルだけを話し相手に、日長《ひなが》一日、森の中で一人遊びをして過ごす。

その日も、気心の知れた侍女のフリーダを伴い、ミリセントは森に遊びに行った。

「姫様、あまり遠くに行かないようにしてくださいまし」

でっぷり太っているフリーダはすでに息が上がり、小柄だが俊敏なミリセントに付いて行くのが辛そうだ。

「フリーダは、そこの木陰で待っていてちょうだい。パルとちょっと探検してくるわ。お昼には戻るから、お弁当を一緒に食べましょうね。パル、おいで」

ミリセントはフリーダにそう言って、愛犬に声をかける。

パルはわん、と大声で吠《ほ》え、ミリセントの先頭に立って森の中を進んで行く。

パルは大型のシェパード犬で、ミリセントの護衛用に訓練された軍用犬だ。屈強な男性の喉笛をひと噛みで食い破る力があるが、ミリセントには小型犬のようにデレ甘に懐《なつ》いている。ミリセントはパルという心強い護衛がいるので、安心して一人で遊びに出ることができるのだ。

「いつもの、秘密の小屋に行きましょう」

パルにそう言うと、犬は心得たように方向を変え、山道をゆっくり上り始める。

ミリセントはパルの後ろから進んで行く。

ほどなく川のせせらぎが聞こえ、木々の間から朽ちかけた小屋が見えてきた。

おそらく以前は猟師が仮宿に使っていた小屋らしいが、今は放置されたままだ。

ミリセントは川辺のこの小屋で、持ち込んだ絵本を読んだりお人形ごっこをしたりするのが好きだった。

すると、先に小屋にたどり着いたパルが、外れかけた扉の前で頭を低くして唸《うな》っている。

「パル、どうしたの？」

パルは唸りながら、小屋の中を警戒するそぶりだ。

「中に、なにか？　誰か、いるの？」

こんな辺鄙《へんぴ》な山の中に、誰が来ると言うのか。

そっと扉を押すと、パルは唸るのを止め、するりと先に小屋へ入り込んだ。

くんくんと、気遣わしげに鼻を鳴らす。

「パル？」

朽ちた屋根の隙間から日差しが差し込み、小屋の中はぼんやり明るい。

小屋の隅に、なにか黒いものが倒れていて、パルがしきりにその匂いを嗅いでは、鼻を鳴らしている。

「……ぁ」

ミリセントは思わず声を上げた。

そこに倒れていたのは、少年だった。

ずぶ濡《ぬ》れの黒いマントで身を覆い、顔色は真っ青で濡れた金髪が床に張り付いている。少年の耳朶《じだ》の小さなエメラルドのピアスが、光を受けてキラリと光った。

「あなた……？」

ミリセントは恐る恐る近づいて行った。背丈から察するに、自分より少し年上のようだ。パルは少年の側に伏せの姿勢になって、油断なく辺りを警戒する姿勢になった。

「っ……」

ミリセントはハッと息を呑む。苦しげに目を伏せた少年の顔は、天使みたいに整っていた。

本当に、空から落ちてきた天使なのかもしれない。

ミリセントは少年の側に跪き、そっと手のひらを彼の鼻の辺りに当ててみた。

かすかな息遣いが感じられる。

「ああよかった……生きているんだわ」

人を呼ぼうか、起こそうかと迷っているうちに、ふと、少年が瞼《まぶた》を開けた。

「ん……母上……?」

少年の声はまだ声変わり前の、澄んだアルトだった。

彼はゆっくりと視線を上げて行く。

くっきりとした青い目だ。

(父王の王冠に嵌《は》まっている大粒のサファイアみたい……)

ミリセントは少年の瞳を、まじろぎもせず見ていた。

二人の視線が合った。

「あ……っ」

少年が声を呑む。彼は素早くマントで顔を覆い、目だけ出して警戒するようにこちらを凝視した。

ミリセントは魅入られたみたいに少年から目を離せないでいた。

突然、周囲の物音がすべて消えたような気がした。

しんとした山小屋の中で、ミリセントと少年はひたすら見つめ合っていた——。


「……ん……」

瞼を上げると、気遣わしげな青い双眸《そうぼう》がこちらを見下ろしている。

あの少年と同じようなサファイア色の瞳——これはまだ夢の続きなのだろうか？

「気がついてよかった」

深みのあるバリトンの声。

ミリセントの顔を覆ってしまいそうな大きな手が降りてきて、そっと額に触れる。無骨だが温かい手のひらの感触が心地よい。

「熱はないようだな」

そこでミリセントはやっと我に帰った。

「陛下——？」

ジルベスターがベッドの脇に立っていたのだ。

慌てて起き上がろうとすると、額に置かれた手が外され、そっと肩を抱いて支えてくれた。そのままゆっくりとベッドに押し戻された。

「無理はしなくてもいい。休んでいなさい」

「でも——」

皇帝陛下の前で寝ているなんて、不敬にもほどがあると思う。どうしていいかわからず、そのまま横たわっていると、ジルベスターは毛布を肩まで引き上げて掛けてくれながら、密《ひそ》やかな声で聞いてきた。

「あなたは心の臓になにか病を抱えているようだが、ご存知か?」

一気に血の気が失《う》せた。

「っ――」

ミリセントはさっと毛布の端を掴《つか》んで頭まで引き上げ、すっぽりと顔を覆ってしまう。毛布を握り締めた両手がぶるぶる震えた。

「そうか――あなたは知っているのだね」

ジルベスターがため息交じりの声を出した。

(ああ……ばれてしまった……!)

不治の病を抱えていることを――。

嵐の日に生まれたミリセントは、飛び込んできた外来種の蛾に刺され、体内に卵を産み付けられた。医師の言うことには、その幼虫は心臓の奥深くに巣喰い、ミリセントの身体から栄養を奪いながら、二十年生き続ける。やがて成虫になったその蛾は、宿主の心臓を食い破って飛び出してくると言う。その瞬間、宿主の命は尽きるのだ。

一度心臓に取り付いた幼虫を外科手術などで取り出すことは不可能で、治療法は皆無だという。幼虫だけを駆除する薬があるという噂だが、入手困難な幻の薬で、もし見つかってもとんでもなく高価らしい。貧しいバッハ王国の国庫では、到底手に入れられるものではなかった。

悲劇はそれだけではなかった。

出産直後、母妃はミリセントを救おうとベッドから落ちて衝撃で身罷ってしまったのだ。

もの心ついた頃から、ミリセントは父王に事あるごとに言われていた。

「お前は妃の命と引き換えに生まれてきたのに、二十歳までしか生きられぬ。呪われた身だ。王家の末娘として、なにができるかよく考えておくことだ。そのことをよく肝に銘じておくように」

酷い言葉だが、事実でもある。

ミリセントはずっと、自分がなんのために生まれてきたのかわからなかった。生まれながらに二十年の期限付きの人生。なにをすれば、なにか成しうることがあるのか模索する時間もほとんどない。生きていくと、したいこと、知りたいこと、見たいもの、読みたい本、愛《め》でたいものがどんどん増えてくる。けれど、到底時間が足りない。

だから、十歳を過ぎた頃からなにものにも期待しないで生きようと決めていた。ただ、息を潜めて毎日をやり過ごし、二十歳の期限を待つだけにしようと諦めきっていたのだ。

十八歳になった時にハイゼン皇国に嫁ぐように命じられた時は、やっと生まれてきた意味があったのだと思った。

ジルベスター皇帝陛下の寵愛を受けて、その子を宿すこと。

大陸一の皇国の後継を産んで、その母として名を残す。

それだけが、ミリセントのこの世で唯一の生きた証《あかし》になると思った。

悲壮な決意でこの国にやってきたのだ。

けれど――ジルベスターは献上された女性には興味はないと言い放ち、好きに人生を選べと言った。

ミリセントに未来はない。

その上、隠していた病をジルベスターに知られてしまった。

誇り高いと評判の皇帝陛下のことだ。属国の寿命の短い王女に謀《はか》られたと、怒り心頭に違いない。このまま即、自国に追い返されてしまうに違いない。

鼻の奥がツーンと痛み、じわりと涙が込み上げてきた。

「ごめんなさい……許してください……陛下に身体のこと、真実を隠しておりました。お怒りごもっともです。許してください……」

毛布をかぶったまま、ひくひくと肩を震わせて嗚咽《おえつ》を堪えた。

そっと毛布の上から頭に触れられる。

びくりと身を竦《すく》ませると、意外にも優しい声が降ってくる。

「王女、顔を出しなさい」

会わす顔などない。毛布の内側で、ふるふると首を振った。

すると、さらに囁《ささや》くように言われた。

「ミリセント――顔を見せて。私は怒ってなどいないよ」

初めて名前を呼ばれた。

胸がきゅんと甘く疼《うず》いた。

恐る恐る、毛布を下げて目だけ出した。

ジルベスターが長身を屈めて、顔を覗《のぞ》き込《こ》んでいる。

真摯な眼差しには、怒りは見えない。

彼は目を合わせると、安堵したようにかすかに微笑《ほほえ》んだ。

「可哀想に——こんないたいけな身で、過酷な運命を背負ってきたのだね。よく耐えてきた。泣いてもいいのだよ」

労《いたわ》りの言葉をかけられるとは思ってもみなかった。

「う……」

どっと涙が溢《あふ》れてしまう。

「う、うう……う、ぁ、あぁ」

一度泣いてしまうと、もうとめどなく涙が溢れてくる。

両手で顔を覆い、おいおいと声を上げて泣いてしまう。

ジルベスターは、そんなミリセントを黙って見つめている。彼の大きな手が、ミリセントの黒髪をあやすみたいに撫で続ける。

その優しい沈黙と仕草が胸に染みる。

これまで、ミリセントは自分の残酷な運命に対し、諦めきっていた。

怒りも悲しみもなかった。いや、そういう気持ちを押し殺さねばならないと、自分に言い聞かせていた。

ただ受け入れ、周りの言うままに流されて生きてきたのだ。

父王は憎悪を、周囲の者は同情と哀れみをもってミリセントと接してきた。ミリセントは常に周囲の人間の顔色を窺って、息を潜めて過ごしてきた。

だから、こんなふうに心のままに振る舞っていいと言われて、抑え込んでいた負の感情が、一気に噴き出してしまったのだ。

泣いて泣いて、目が溶けるかと思うほどに泣き続けた。

やがて涙も涸れ果てる頃、溜《た》まっていたどろどろしたものが、すべて洗い流されてしまった気がした。心がすこんと清々《すがすが》しい空白になった。

「……」

両手をそっと顔から外し、呆然とジルベスターの顔を見上げた。

「——気が済んだか？」

髪を撫でていたジルベスターの手が、そっと涙で濡れた頬《ほお》に触れてくる。

その繊細な指先の動きに、なぜか背中のあたりにぞくりと甘い震えが走った。

「赤子のように手放しで泣くのだな、あなたは」

ジルベスターがしみじみした声を出す。

「陛下——」

泣きすぎて声が嗄れていて、気恥ずかしい。

ふいにジルベスターの端整な顔が近づいてきた。

「ぁ……」

と思った時には、相手の柔らかな唇がミリセントの唇に押し付けられていた。

「ん、ん……」

撫でるようにジルベスターの唇が上下に動き、その心地よい感触に思わず目を閉じて受けいれてしまう。

こんな口づけを、遥《はる》か昔に一度だけ受けた。その時の記憶は一生忘れないと思っていた。きっとミリセントの生涯で、最初で最後の愛《いと》おしい口づけだと思っていた。

でも、今ジルベスターから与えられる口づけは、その時の口づけの感動をはるかに超えてしまう。温かくて優しくてそれでいて官能的で、全身が熱くなり猥りがましい悦《よろこ》びが生まれてきて、ぞくぞく背筋が震えてくる。

「……んぁ……ぁ……」

繰り返し唇を撫《な》で回す口づけが続けられ、まるで永遠に時間が止まってしまったかと思うほどだった。やがて、そっとジルベスターの顔が離れた。

「あなたの涙の味がする」

彼がにこりと笑い、ぺろりと自分の唇を舐《な》めた。その仕草がひどく色っぽく肉感的で、ミリセントは生まれて初めて異性に欲望を覚えるという感覚を知った。

それと同時に、病とは違う意味で、心臓がきゅーっと締め付けられるみたいに痛んだ。

この感情は知っている。

――恋。

冷徹で艶福な皇帝だと聞いていて、期限付きでお情けを頂戴しようと決死の覚悟で嫁いできたのに、こんなにも甘い感情に囚《とら》われてしまうなんて――。

ドキドキが止まらない。

なんてやるせない、なんて甘美な――。

神様は意地悪すぎる。

もはや二年ほどの命しかないのに、なぜ今、突然恋に落とすのか。

皇帝陛下に抱かれて子を成すことが義務だと思えば、短い人生も未練がなかったはずなのに。

それも叶わない――。

ミリセントは息を深く吐くと、ゆっくりと上半身を起こした。

そして、真摯な眼差しでジルベスターを見つめる。

「陛下、こんな私を哀れと思ってくださるのなら、あと二年だけ、陛下の妻として扱ってはく

れないでしょうか？」

ジルベスターは意外にも、不快な表情をしなかった。

彼はおもむろにベッドの端に腰を下ろし、同じように真剣な顔でこちらを見下ろしてくる。

その青い視線に包まれるだけで、ミリセントは身体が心地よくふわふわ浮き上がるような気がした。

「それが、あなたの望みか？」

ミリセントはコクリとうなずく。

「はい。陛下のお子を身籠りたいのです。これには私にはあさましい気持ちは、ありません。もちろん、祖国の父王は王としての考えがあるのでしょう。でも、私は違うのです」

ジルベスターは無言で聞いている。そこには威圧感はない。逆に、こちらの気持ち受け入れようとする包容力のような雰囲気すら感じる。

それに力を得て、ミリセントは懸命に言葉を続けた。

「陛下、はっきり申し上げて、私にはもう二年ほどの時間しか残されておりません。その間にどれほどのことが成し得ましょうか？　私の生きた証を残すには、新しい命を生み出し次代に繋《つな》げる、それしか考えられません。お子が生まれれば、陛下にもお役に立てます。あの――もとより、正妃などの地位は望んでおりません。側室でも――愛人でも、構わないのです。ですから、どうか――」

言い募ろうとしたしたミリセントの唇を、ジルベスターの長い指が伸ばされて、そっと噤ませた。

「もうよい、ミリセント」

ジルベスターは、見るからに同情したような表情をしている。

「あなたの気持ちは充分わかった。だが、子を作る行為も生み出す行為も、あなたの身体に負担をかけるだけではないのか？　あなたの寿命を縮めてまで――」

ミリセントは初めて笑みを浮かべた。

「陛下、その心配はございません。この胸に巣くっている虫は、宿主が死んでは自分も困るのです。ですから、羽化するまでは私の命を奪うようなことは決してないのです。逆に言えば、この病にかかった私は、事故にでも遭わないかぎり、きっちりあと二年は無事に生き延びるということなのです」

ジルベスターは痛ましげな、ひどく心打たれたような顔つきになった。

ふいに彼は、ぎゅっとミリセントを抱きしめてきた。

「あ……」

男らしい逞《たくま》しい胸に抱かれて、ミリセントは戸惑いながらも大きな安心感に包まれた。服越しにも力強く感じられる鼓動、ジルベスターが身に纏《まと》っている柑橘系《かんきつけい》の爽やかなオーデコロンの香り、そして熱い体温――それらが渾然一体《こんぜんいったい》となってミリセントを包み込み、泣きたいような喜びとドキドキ感を与えてくる。

「よくわかった。ミリセント」

ジルベスターはミリセントの髪に顔を埋め、低い声でささやく。

「あなたの望み通りにしよう」

刹那、心臓がドキンと跳ね上がった。寄生虫の発作とはまるで違う。甘く痺《しび》れるような衝撃が弾け、身体中を熱く駆け巡る。

「へ、陛下……本当に？」

声が震える。

ジルベスターがそっと身体を離し、ミリセントの両肩を抱いて身を屈めて視線をまっすぐ合わせてきた。

「本当だ。私は捧げられた女性たちを、それぞれに望み通り幸せにすると決めていた。だから、あなたの幸せがそれならば、私は受け入れよう」

ミリセントは、澄んだ海のようなジルベスターの瞳に映る、自分の泣きべそ顔を見つめた。

（ああ、陛下は気の毒な身の上の私に同情してくださったんだ……）

少しだけ胸に寂しい風が吹き込む。

でも、すぐにそんな感情は追いやった。

だって、自分の哀《かな》しい人生がこれで報われるかもしれないのだ。こんなにも美麗で素敵な男性のお子を成すことが許されたのだ。それだけが自分の望みだった。もう、思い残すことなどない。

嬉《うれ》し涙が溢れてくる。

「嬉しい、陛下、とても嬉しいです」

つつーっと頬を伝う涙を、ジルベスターが親指でそっと拭ってくれる。それから彼は、ちゅっと音を立ててミリセントに口づけし、すぐに顔を離して立ち上がった。

大柄な彼が立ち上がった勢いで、ベッドのスプリングが跳ねてミリセントの小柄な身体が一瞬ぴょんと浮いた。その様子がおかしかったのか、ジルベスターはふっと笑みを漏らす。その笑顔に、胸が甘く疼く。謁見室では威厳に満ちて近寄りがたい雰囲気だったから、こんなふうに笑うと普通の青年らしさが垣間《かいまみ》見えて、ひどく心が揺さぶられる。

「では、今宵《こよい》この部屋を訪れよう。なにか温かい食事をして、ゆっくりと湯浴《ゆあ》みをし、寝室で待つように。それでよいな？」

そう言い置くと、ジルベスターは踵を返して部屋を出て行こうとする。ミリセントは慌てて返事をする。

「は、はいっ、陛下っ」

意気込み過ぎて、咳《せ》き込《こ》んだような口調になってしまう。

するとと戸口のところでジルベスターは肩越しに振り返り、再び面白そうな笑みを浮かべた。

「そう堅苦しくするな。ジルベスターと呼べ」

ミリセントは目をぱちくりさせて口を噤む。

そんな恐れ多い——。

だが、ジルベスターが待ち受けるように立ち止まったままなので、おずおずと答えた。

「ジ、ジルベスター様……?」

ジルベスターは満足げにうなずいた。

「うん、それでいい、ミリセント。では、また」

ジルベスターは大股で部屋を立ち去った。

「……」

ミリセントはまだ信じられない思いで、ぼうっとしていた。

今までの波風の無い平坦《へいたん》で虚《むな》しい人生が、大きく変わろうとしている。

(この二年間に、私の思いをすべて懸けよう。恋をして、ジルベスター様とともに生きて、お子を授かろう。そうよ、やっと私らしい生き方ができるんだわ)

熱い気持ちが込み上げて、ミリセントは目を閉じ、うっとりとその甘酸っぱい感情を味わっていた。

第二章　甘い甘い初夜の褥《しとね》

ジルベスターの用意してくれた部屋は、後宮の奥まったところにあった。

南向きの日当たりのよい広大な部屋で、控えの間、応接室、寝室などどの部屋にも大きな飾り窓がいくつもあって、明るく風通しがいい。落ち着いた象牙色で統一された部屋は、高価だが過剰すぎない装飾を施した家具が設えられている。浴室には美しい白いタイルが貼られ、金張りの浴槽は泳げるかと思うほど広々としている。クローゼットには、新品のドレスがずらりと掛けられてあり、帽子や手袋、下履きの類までたくさん準備されてあった。

バッハ王国では、末っ子の厄介者の王女として、城の隅の小さなひと部屋をあてがわれていたので、父王の部屋よりも豪華な部屋に、目を丸くするばかりだ。

ミリセント付きの侍女が二十人も用意されていて、着替えから食事、湯浴みの世話まで手取り足取り面倒をみてくれる。

そもそも、ジルベスターがミリセントのことをないがしろにするつもりはなかったことがわかって、彼の包容力にさらに気持ちが惹《ひ》かれていく。

自国では見たことも味わったこともないご馳走《ちそう》が並ぶ晩餐《ばんさん》を済まし、薔薇《ばら》の香料を入れた浴槽にゆっくりと浸《つ》かり、湯上りに出された冷たいアイスクリームに舌鼓を打ち、すっかり寛《くつろ》いでしまった。身も心も満たされると、旅の疲れもあってか、ミリセントはソファにもたれたまうとうと微睡《まどろ》んでしまった。

夜半になると、侍女たちが私室にやってきて声をかける。

「王女殿下、そろそろ寝室でお支度を――」

「あ、はいっ」

そうだ、今宵ジルベスターをベッドに迎え入れるのだった。呑気《のんき》に居眠りをしている場合ではなかった。

にわかに緊張が高まり、心臓がドキドキしてきた。まだなじみのない侍女たちと寝室に行く気になれず、小声で言う。

「あの……フリーダを呼んできてください」

気心の知れたフリーダだけを連れ、寝室に向かう。

昼間倒れた時に寝かされた部屋は、どうやら客間だったらしく、夫婦の部屋として用意されたものはずっと広かった。落ち着いた雰囲気のオリーブ色の壁紙、高い窓はゴブラン織りのどっしりとしたカーテンが掛けられ、奥には天蓋付きの豪華なベッドがあり、大人が何人も寝られそうなほど大きい。サイドテーブルのナイトランプにだけ灯《あか》りが点《とも》り、南国の花のような甘い匂いの香が焚《た》かれていて、落ち着いた雰囲気と共に少し淫靡《いんび》な空気を醸し出していた。

「姫君、お着替えを」

　フリーダに促され、用意された夜着に着替えようとして、どきんとする。

　高価なシルク製の夜着は、蝶の羽のように薄く、乳房も下腹部も透けて見えてしまい、身体の線があからさまになる。前合わせがリボンで留めるもので、すぐに脱げるようになっている。いかにも男をそそるように作られた夜着に、初心なミリセントは腰が引けてしまう。

「フ、フリーダ、私……怖い……」

　決意してこの道を選んだとはいえ、いざとなると処女の本能的な恐怖が先立った。祖国を発《た》つ前に、少しだけ夫婦の肉体の交わりについて家庭教師から教わったが、男女が裸になって下腹部を結合させる行為という以上のことは、ぴんとこなかった。

　フリーダは赤子をあやすようにミリセントの背中を優しく摩《す》り、穏やかに言い聞かせてくる。

「姫君。閨《ねや》のことは、陛下にお任せしておけばよろしいのです。初めては少し辛いものだと聞いていますが、目をつぶってじっと我慢なされば、すぐに終わりますよ」

　どのように辛いのか、想像もつかない。ミリセントは唇が小刻みに震えてくる。

「が、我慢していれば、いいの？」

　フリーダは困惑したような表情になる。

「そうだと思います。私も男性経験が無いものですから、あまり姫君のお役には立てずに申し訳ないです」

没落貴族の末娘で、十五歳で侍女として王宮に上ったというフリーダは、ひたすら王家のために仕えてきて、未だに独り者なのだ。

「わかったわ、目をつぶってじっとしています」

ミリセントは素直にうなずいた。

子を成す大目的のためなのだから、多少辛くても苦しくても耐えようと決意する。

着替えの手伝いを終えたフリーダが寝室を出て行くと、急に部屋の中が倍にも広がったような錯覚に陥った。

大きなベッドの端にちょこんと腰を下ろし、ひたすら待った。

自分の鼓動の音だけが、やけにバクバクと大きく鼓膜に響く。

やがて、ことりと戸口で微《かす》かな音がして、誰かがゆっくりと寝室に入ってくる気配がした。

ハッと息を呑み、さらに身体を硬くしてうつむいた。

「待たせてしまったね、ミリセント。片付けなければならない事案があって、遅くなってしまった」

深みのある低い声が近づいてくる。同時に、覚えのある柑橘系のオーデコロンの香りが鼻腔《びこう》を擽《くすぐ》る。

「いえ……」

ひたすら膝に置いた自分の両手だけを見つめていた。

ぎしっとベッドが揺らぎ、すぐ隣にジルベスターが腰を下ろす。湯上りなのか、彼の身体が湿り気を帯びて体温が高い。男の肉体の存在が生々しく迫ってくる。

さらに緊張感が高まった。

「――ミリセント」

小声で名前を呼ばれ、そっと肩に手を回された。びくんと身体が慄《おのの》く。

「は、はいっ」

声が裏返ってしまう。

やっぱり怖い、怖い、逃げ出してしまいたい。

しかしその恐怖心を振り払い、意を決してぱたんとベッドの上に仰向けに倒れ、両手で顔を覆った。

「ジ、ジルベスター様……ど、どうぞっ」

ことが始まるのをじっと待った。

「――」

ジルベスターは無言でいる。

ミリセントは息が詰まりそうだったが、さらに声を振り絞る。

「わ、私、決して嫌がったりしませんから……早くすませてください」

息を潜めて、ジルベスターの次の行為を待ち受ける。

彼が頭上でかすかにため息をつくのがわかった。

「ミリセント――顔を見せなさい」

穏やかな声で言われたが、怖くて両手を離せない。

「ミリセント」

ジルベスターの手が伸ばされ、ミリセントの両手首をぐっと掴んだ。

行為が始まるのだ――ミリセントは身を強張《こわば》らせて、ぎゅっと強く目を閉じる。

扉を開くみたいに、顔から手が引き離される。

ジルベスターが身をかがめて顔を寄せてくる気配がした。彼の静かな呼吸音が聞こえる。

「目を開けて、ミリセント。私を見て」

子どもにでも呼びかけるみたいに、甘い声。

おそるおそる瞼を開けると、すぐそこにジルベスターの端整な顔がある。薄明かりの中で、彼の青い目がベッドサイドのナイトランプの灯りを映し、キラキラ光って星のようだ。

薄物の夜着を羽織っていて、がっしりして鍛え上げられた肉体のラインがはっきりとわかる。

少しはだけた前合わせから覗《のぞ》く胸板は、驚くほど厚く広い。

ジルベスターは視線を捉えて、穏やかに微笑む。

「怖いのだね？」

ミリセントは素直にこくんとうなずく。

「男女の行為が、怖くて辛くて、我慢するものだと教えられてきたんだね？」

こくこくうなずき、小声で答える。

「でも、お子を成すためには、私はどんなことでも耐えてみせます」

ジルベスターがやるせなさそうに目を眇《すが》める。

「初心で無垢でひたむきなミリセント」

彼が顔を寄せ、額にそっと唇を押し付けた。そのまま、瞼や頬や鼻梁《びりょう》に啄《つい》ばむように口づけてくる。

その柔らかな感触に、なぜか恐怖よりも心地よさで心臓が甘くときめいた。

最後にちゅっと唇に口づけしてから、鼻先がくっつきそうなほどの距離でジルベスターがささやく。

「怖くしない。苦しくしない。何も怯えることはない」

ミリセントは目を見開く。

ジルベスターが夢みたいに美しく微笑む。

「あなたに教えたい。これがどんなに心地よくて素晴らしい行為か。それでなければ、あなたと結ばれる意味がない」

「意味が……？」

「私はね、これから、あなたにこの世の楽しいこと、心地よいこと、素晴らしいことをいっぱいいっぱい教えたいんだ」

胸がじんと甘く疼いて、泣きたいほどの喜びが込み上げてきた。だが、そんなことを知って、どうしろというのだろう。もはや二年の寿命しかないのに、無駄ではないのか。

そんな疑問が顔に出たのだろうか。

ジルベスターが真摯な表情で言う。

「ねえミリセント。どんな人間だって、明日の命もしれないのだよ。私があなたより長く生きるとは限らないのだ。誰もが、あなたと同じなのだ。あなたが特別なわけではない。だからこそ、今日を、今を、楽しく嬉しく幸せに過ごすべきではないか？　どうか、生を謳歌《おうか》することを諦めないでほしい」

「ジルベスター様……」

今まで、人生の享楽を味わうことなど無駄なことだと思っていたし、そんな機会もなかった。二十歳の寿命の期限に向けて、諦めと悲しみを胸に息をひそめるように生きてきた。祖国では、父王も周囲もそれが当然のように受け止めてきた。

でも、ジルベスターは違う。

命を楽しめと言う。

ミリセントも他の人間と同じように生きていい、と言う。

「あなたが子を成したいという望みは無論叶えてやりたいが、それ以外にも、あなたが生きていることは素晴らしい、と思うようにしてやりたい」

「素晴らしい……？」

「そうだよ。だって、あなた自身がこんなにも素敵な女性なのに――それを自分でわからないなんて、なんてもったいないんだ」

ジルベスターの高い鼻梁が、すりすりとミリセントの鼻先を擦る。子どものじゃれあいみたいな仕草なのに、とても心地よくて気持ちが昂《たか》ぶってくる。

「素敵……ですか？」

そんなこと、言われたことはなかった。

「素敵だよ。そのあどけなくて美しい容姿もさることながら、あなたの脆《もろ》そうでいて、芯の強い健気《けなげ》な心根が、私はとても素敵だと思う――とても、好ましい」

「っ……」

ミリセントは心打たれ、目に感動の涙が浮かんできた。

恐怖ではなく、感激で声が震えた。

「私、私……嬉しいです……嬉しい、嬉しい……」

この胸に溢れる熱い感情をどう伝えていいのだろう。

うまい言い回しが見つからない。

「泣かないで」

頬を伝う涙をジルベスターが唇で受け、再び唇に口づけた。

「私を信じて。怖くない。私に任せて」

ミリセントはジルベスターの目を見つめたまま、うなずいた。

緊張はまだあったが、恐怖はもう消えていた。

「ミリセント、ミリセント」

艶《つや》めいたバリトンの声が何度も名前を呼び、自分の名前はこんなにも心地よい響きだったろうかと思う。

ジルベスターはミリセントの長い黒髪を指で梳《す》くようにして撫で付けながら、浅い口づけを繰り返す。それが次第に強く押し付けられて、唇が捲《めく》れ上がって歯茎がぬるっと触れ合い、その悩ましい感触に頭がクラクラした。

やがて、ジルベスターの濡れた舌先がミリセントの唇をそっと舐め回した。

「あ……」

驚いて思わず唇を開くと、そこからするりと舌が忍び込んできた。

「んっ……？　ん、んんぅ……」

ジルベスターの熱い舌が、ミリセントの歯列をなぞり、歯茎か口蓋までねっとりと舐め尽くしてくる。

こんな口づけがあるのか。

ジルベスターの舌の淫らな動きに、呆然としてなすがままになってしまう。やがて怯えて縮こまっていたミリセントの舌が絡め取られ、ちゅっと強く吸い上げられた。

「んんんっ、んっ」

刹那、うなじのあたりがじんと痺れ、感じたことのない不可思議な甘い快感が身体に走った。そのまま繰り返し舌を絡めては、強く吸い上げられ、息が止まるほど苦しいのに、四肢の先まで心地よく蕩《とろ》けていくよう。

「ん、は……や……んん、ん……」

気が遠くなりそうで、首を振って口づけから逃れようとしたが、ジルベスターの顔が追いかけてきて、舌を離そうとしない。

思わず両手でジルベスターの厚い胸板を押し返そうとしたが、さらに強引に舌を吸い上げられると、甘い痺れに全身の力がくたくたと抜けてしまう。ミリセントはジルベスターの夜着を縋るみたいにぎゅっと握りしめ、情熱的な口づけを甘受するしかできなかった。

くちゅくちゅと舌が擦れ合い、嚥下《えんか》し損ねた唾液が溢れて口の端から溢れてくる。するとジルベスターはその唾液を淫らな音を立てて啜《すす》り上《あ》げ、さらに口腔内《こうこう》を激しく掻き回してくる。

「……んゃ、や、は、はぁ……ふ、ぁ……」

頭が煮え立ちそうなほど熱くなり、体温がみるみる上がってくる。全身に官能的な心地よさが広がり、身体の中心のどこかがずきずき疼いて、落ち着かない。自然と悩ましい鼻声が漏れてしまい、恥ずかしいのに止められない。

「……ふぁ、あ……ぁ」

ミリセントはなすがままに口づけを受け入れ、ジルベスターに口腔を蹂躙《じゅうりん》されてしまう。長い長い口づけが終わり、ようやく唇が解放された頃には、ミリセントは甘い酒にでも酔ったみたいなふわふわした気持ちになってしまい、蕩けきった表情でジルベスターを見上げるばかりだった。

ジルベスターの表情も、今まで見たことのない酩酊《めいてい》したものになっている。

「ミリセント」

低い声で名前を呼ぶと、彼は再び深い口づけを仕掛けながら、片手でゆっくりとミリセントの夜着の前リボンをしゅるっと解いていく。その衣擦《きぬず》れの音にすら、ぞくぞく甘く背筋が震えた。

「んん……」

するりと肩から夜着が抜け落ち、素肌が露《あら》わになってしまう。

身につけているものが、首から下げている金鎖の小さなロケットひとつになった。

「これは――?」

ジルベスターが指先でロケットに触れたので、ミリセントは取り上げられてしまうのかと思い、びくりと身を竦めた。

「こ、これは、亡き母の形見で——肌身離さず身に着けているもので……」

小声で言うと、ジルベスターは、

「そうか——大事にしなさい」

と、それ以上は追求してこないのでホッとした。

だが、小ぶりだが形のいい乳房が剥《む》き出しになっている。

恥ずかしくて思わず両手で覆い隠そうとすると、ジルベスターの力強い手がそれをそっと押し戻す。彼は唾液の銀の糸を引きながら、わずかに唇を離し、少し掠《かす》れた声でささやく。

「隠さないで——逆らわないで」

まるで彼の声は催眠術のよう。

羞恥心を凌駕《りょうが》して、言いなりになってしまう。

両手の力を抜く。

ジルベスターがじっと左の胸を見ている。

心臓のある部分に、うっすらと赤い蝶のような痣が浮き出ているのだ。それが、忌まわしい寄生虫に取り憑《と》《つ》かれた証なのだ。

気まずい思いで息を凝らしていた。

ジルベスターの指が、その赤い痣をそっとなぞる。

「美しい紋様のようなのに、この下にあなたの命を食い尽くす魔虫が息づいているのか」

ジルベスターは哀愁に満ちた声を出し、そのまますっぽりとミリセントの左の乳房を押し包んだ。

「あ、あ……」

感触を確かめるみたいに、ジルベスターの手がゆっくりと乳房を揉《も》みしだく。恥ずかしいのに、なんだか安心するような心地よさもある。

と、彼の長い指先が、まろやかな乳房の先端にある慎ましい赤い乳首をそろりと撫でた。

「あっ？」

ぴりっと鋭い喜悦が走って、身体がびくんと跳ねた。

今のは何？

戸惑う暇もなく、そのまま触れるか触れないかの力で乳首を擦られる。その度に、感じたことのない快感が太腿《ふともも》の奥の恥ずかしい箇所に走っていく。膣奥がきゅん、と収縮するのを感じ、自分のそんな反応に狼狽《うろた》える。

「ん、あ、あ、や……っ、だめ……っ」

頬が火照って、息が乱れる。

「感じる？　こっちも触ってあげよう」

ジルベスターは、交互に乳首に指を這わし、円を描くように撫で回す。それがいたたまれないようなもどかしい快感を生み出し、膣奥がざわめく。

するとどういう仕組みなのか、柔らかかった乳首がつんと尖《とが》り硬く凝ってくる。そして、どんどん鋭敏になっていく。あっという間に官能の塊のように変化して、ミリセントは呆然としてしまう。

「……ぁ、あ、ん、いやぁ……」

触れられるたびに、下腹部の奥の甘い疼きが膨れ上がり、どうしていいかわからず腰がもじついてしまう。

「可愛《かわい》い声を出す。とても魅力的だ、そそるね」

ふいにジルベスターはきゅうっと両方の乳首を捻《ひね》り上げた。

「痛っ……ぅ」

一瞬の痛みに顔を顰めるが、すぐにそれはじんじんする悩ましい疼きにとって代わられた。その疼きが全身に広がり、やるせなさに身悶《みもだ》えてしまう。そして、どういうわけか今まで以上に乳首が疼いてどうしようもなくなってしまう。

「ああ、痛かったか？　優しくしてあげよう」

ジルベスターはミリセントのまろやかな乳房を両手で掬《すく》い上《あ》げるように持ち上げて、両方の乳首を寄せ、そこに顔を埋めてきた。

「あっ……」

ひやりとしたジルベスターの鼻梁の感触にどきりとした、その直後、彼は左右の頂にちゅっちゅっと音を立てて吸い付いたのだ。

「はあっ、あ、あぁっ」

指よりも何倍も刺激的で心地よい感覚に、ミリセントは思わずびくりと腰を浮かせてしまう。

ジルベスターは片方の乳首を指でいじりながら、もう片方の乳首を口に含み、濡れた舌を絡ませてきた。

「やあっ、あ、やぁ、そんな、舐めないで……あ、ぁあ……」

ぬるぬると熱い舌が乳首を撫で回し、時折柔らかく吸い上げてくる。

指で触れられるよりも、何倍も気持ちよく、ミリセントは未知の快感に打ち震える。

「だ……め、だめ……そんなに……ぁ、あぁ、あ」

はしたない鼻声がひとりでに溢れてきてしまい、ミリセントは羞恥に頬を上気させ、必死に声を上げまいと目をぎゅっと閉じて唇を噛み締めた。だが声を押し殺すと、官能の疼きをやり過ごせなくて、全身に淫らな欲望が溢れてしまい、どうしようもなく苦しい。

耐え忍んでいるミリセントに、ジルベスターが乳房から顔を上げ、あやすように優しい声で言う。

「恥ずかしがらないで、ミリセント。ここでは、私とあなたの二人きりだ。感じるままに、声を出してかまわないのだよ」

ミリセントはおそるおそる潤んだ瞳を開け、ジルベスターの顔を見つめる。彼の白皙《はくせき》の顔がかすかに汗ばみ、目元が酒に酔ったときのようにほんのりと赤い。それがとても猥りがましく色っぽくて、体温がかあっと上がってしまう。

「でも、はしたない……あっ、ああっ」

言葉の途中で、ジルベスターが熟れきった乳首を甘噛みした。

その強い刺激に、下腹部の奥の恥ずかしい部分がきゅうっと疼き、つーんと甘く痺れてせつなさが頂点に達してしまう。

「や、あっ、あ、なにか、あ、やだ、あ……ん」

どうして乳首をいじられているに、そんな部分がせつなくなるのか、初心なミリセントには見当もつかない。紛らわせようと太腿を擦り合わせると、陰部がぬるりと滑るような感触がして焦った。もしかして、月のものが来てしまったのか。こんな大事な時に――。

「あの、あの……ジルベスター様、ま、待って……私、私……その……」

恥ずかしくてとても口にできず、ミリセントはジルベスターのさらさらした金髪に両手を埋め、そっと押しやろうとした。

「どうしたの？」

ジルベスターが不審げに顔を上げる。

ミリセントは泣きそうになりながら告げる。

「私、ごめんなさい……その、あれが来てしまって……汚してしまうかも……」

それ以上言えず、顔が真っ赤になってしまった。

ジルベスターがふっとため息で笑う。

なぜ笑うのだろう。

ジルベスターが耳元で低い声でささやく。

「濡れてしまったの？」

彼の息が耳朶にかかると、全身がかあっと熱くなった。こくこくとうなずくと、ジルベスターの手が綴《と》じ合《あわ》せた太腿の狭間《はざま》をまさぐる。節くれだった男らしい指が、そろりと陰部に触れて来た。驚いて、思わず両足を引きつけてしまう。

「あっ、だめ……っ、触らないでっ……汚い……」

ジルベスターが指をするりと抜き、それをミリセントの目の前にかざした。

「ほら、汚くなどないよ。あなたの身体が私に反応して、心地よいという印を噴き零《こぼ》したのだよ」

おそるおそる目を上げると、ジルベスターの指は透明な粘ついたもので濡れ光っていた。月のものではないとわかったものの、じぶんの内側からそんなはしたない液が溢れていたことに、やはり恥ずかしくて、さっと目を逸《そ》らせてしまう。

「さあ、ミリセント——あなたのすべてを私に見せて欲しい」

そう言うや否やジルベスターは、するりとミリセントのはだけた夜着を取り去ってしまった。

「あっ」

一糸まとわぬ姿に剥《む》かれてしまい、ミリセントは反射的に両膝を硬く閉じわせ、両手で自分の顔を隠してしまう。

だがジルベスターはやすやすと両手でミリセントの小さな膝を開いてしまう。

「きゃあっ」

秘めどころが露わになり、すうっと外気を感じ、ミリセントは羞恥で目眩《めまい》がしそうになった。剥き出しになった淫部に、ジルベスターの視線が突き刺さるようだ。

「ああ、いや、見ないでください」

生まれて初めて他人に秘密の花園を暴かれ、ミリセントは恥ずかしさに打ち震える。けれど、恥ずかしくてどうしようもないはずなのに、見られている秘所は灼けつくみたいに熱くなり、ひくひく慄きながらさらに透明な液を溢れさせてしまう。

ジルベスターが深くため息をつく気配がした。

「美しい——朝露を湛《たた》えた初咲きの睡蓮《すいれん》の花のようだ」

「や……」

自分のあらぬ箇所をどんなに讃《たた》えられても、恥辱をいっそうつのらせるだけだ。なのに、膣奥の淫らな疼きは、さらに大きくなっていく。

そんな自分の反応に混乱して、ミリセントはただただ恥ずかしさに震えている。

「あぁまた蜜が溢れてきた——初心で感じやすい可愛い身体だな」

ふいに、ジルベスターの長い指が無防備に開いている花弁をぬるりと撫で下《お》ろした。

「ひゃっぁっ」

じんと甘い痺れが背中から頭の先に抜け、腰が大きく跳ねた。

「敏感になってるね。もっと気持ちよくして上げよう」

ジルベスターの繊細な指先が、ほころんだ花弁をぬるぬると上下に撫で摩る。

「や、あ、だめ、あ、ぁ、あぁ……」

自分でも触れたことがないあらぬ箇所を蹂躙されて、両足を閉じて拒みたいのに、未知の甘い快感が身体の力を奪っていく。

さらにジルベスターは二本指で、蜜口の浅瀬を優しく掻き回してくる。熱く疼いていたそこを撫で回されると、気持ちよくて仕方なく、求めるみたいに両足が開いてしまう。

「……ん、ふ、ぁ、ぁ、はぁ……」

息が乱れ甘い鼻声がひっきりなしに漏れ、腰がいやらしくうねってくる。

くちゅくちゅという淫猥《いんわい》な水音がどんどん大きくなり、愛蜜が溢れていることがはっきりとわかった。ジルベスターに触れられているところから、とろとろと糖蜜みたいに甘く溶けていってしまうような気がした。

「あなたのここ、すごく熱くなって蜜がいくらでも溢れてくる。いいね、素直な可愛い身体だ」

「ん……ん、こんな、はしたなくなって、いいの、ですか？」

声を震わせると、

「いいのだよ、ミリセント」

ジルベスターが感に堪えないような声を出す。だが、次に少し意地悪く笑う。

「でも、もっとあなたを乱したい」

そう言うと、彼は溢れた甘露を指の腹で掬《すく》い取《と》り、割れ目の少し上に佇《たたず》んでいた、小さな引っかかりのようなものをぬるりと撫でた。

刹那、びりびりと雷にでも打たれたような鋭い喜悦が、一瞬で全身を走り抜けた。

「あああっ」

ミリセントは目を見開き、身体を強張らせた。

背中が弓なりに仰《の》け反《ぞ》り、腰が浮く。

「ほら、ここがあなたの一番感じやすい、小さな蕾《つぼみ》だよ。いっぱいいじって上げよう」

ジルベスターは蜜でぬるついた指先で、その突起を触れるか触れないかの力で優しく撫で回す。柔らかな接触なのに、そこから生まれる快感は耐えられないほど凄《すさ》まじい。

「あっ、あっ、あ、だめ、あ、やめて、そこ、だめ、あ、あぁあっ」

触れられるたびにあまりの悦楽にびくんびくんと、腰が大きく跳ねる。

そして、触れられた突起はもっとしてほしいとばかりにぷっくりと膨れていく。

「や、だめ、しないで、もう、あ、怖い……っ」

得もいわれぬ愉悦があとからあとから襲ってきて、媚肉がひくひく戦慄《わなな》き恥ずかしいほどの愛蜜が溢れてくる。股間から上等なシルクのシーツまで、まるで粗相《そそう》をしたかのようにぐっしょりと濡らしてしまった。

でももう、ミリセントにはそれを恥ずかしがる余裕もなかった。

生まれて初めて知る官能の悦びに翻弄され、あられもない嬌声《きょうせい》を上げて身を捩《よじ》るばかりだ。

「やぁ、だめ、もう、しないで、おかしく、なって……」

あまりの快感に目の前がちかちかして、おかしくなりそうでやめて欲しいのに、子宮のあたりがきゅうっと収縮して、熱い飢えのような感覚が迫り上《せあ》がってくる。心地よいのに、その突起だけではなく、膣奥が何かで満たして欲しいようなもどかしさもある。

「だめ、だめ、もう、許して……っ」

もう耐えきれず、尻を引いて逃れようとすると、ジルベスターの大きな手がすかさず細腰を抱えてがっちりと押さえつけてしまう。

「許さないよ——この快感の先まで、あなたの身体にぜんぶ教えて上げるのだから」

ジルベスターの声が、少しくぐもって妖しい響きを帯びる。

彼は充血しきった秘玉を軽く摘んでこりこり擦り合わせたかと思うと、円を描くように優しく触れたり、強弱をつけながらどんどんミリセントを追い詰めていく。

「あ、あぁ、はぁっ、だめ、あ、だめ、へんになる、怖い、どこかに飛んで、しまう……っ」

頭が快楽で真っ白に染まり、なにか大きな波のようなものが下肢から迫り上がって来て、意識を攫《さら》いそうになる。

「怖い、ジルベスター様、私、へん、あ、だめ、だめに……あぁ、だめぇっ」

「可愛いミリセント。いいんだ、だめになりなさい。このまま、達《い》っておしまい」

ジルベスターはじんじん痺れる陰核に親指を押し当てて小刻みに揺さぶりながら、どろどろに蕩けた媚肉のあわいに、ぬるっと長い人差し指を押し入れきた。

無垢な隘路《あいろ》は、溢れた愛蜜のぬめりを借りて、存外するりとジルベスターの指を受け入れてしまった。内壁の違和感に身震いするが、不快ではなかった。

「ひぁ、ひ、あ、あ、やだ、指、だめ、あ、だめぇっっ」

物欲しげにひくついていた濡れ襞《ひだ》が、嬉しげにジルベスターの指を締め付け、そうすると子宮の奥から深い快感が襲ってきて、我を忘れてしまった。尿意を我慢するときのように、下腹部がきゅーんと痺れ、それが熱い快感となって膨れ上がってくる。

「あ、ああ、もうだめ、ああ、いや、あ、あ、どうしよう、あ、あ、あぁあっ」

眦《まなじり》からぽろぽろと歓喜に涙が溢れ、全身が痙攣《けいれん》したように震えて四肢が硬直した。

なにかの限界が来た。

「あああああっ、あ、いやぁあああ、あ、あああああぁっ」

ミリセントの膣襞がきゅうきゅう忙《せわ》しなく収斂《しゅうれん》を繰り返し、瞼の裏で真っ白な光が爆発した。

「あ、あ、あぁ……っ」

一瞬、意識が飛ぶ。息が詰まる。

死んでしまった、と思う。

次の瞬間、全身から力が抜け、ミリセントはぐったりとシーツに身を沈めた。

「はあっ、は、はぁ、はぁあ……」

ふいに息が戻り、ミリセントは唇を半開きにして浅い呼吸を繰り返す。

涙で虚《うつ》ろな視界は、ぼんやりとしたままだ。

ジルベスターがぬるりと指を引き抜いた
「んっ……んぅ」

隘路が引きずり出されるような喪失感にすら、甘く感じ入ってしまう。

「初めて官能の悦びを知ったね。無垢なのに素直で淫らな身体だ」

ジルベスターがミリセントの目の前で、差し入れていた指をかざす。

「ほら、見てごらん。こんなに濡らして。あなたがとても感じた証だよ」

「いや……そんな……」

透明な液がねっとりと糸を引いて、あまりにも猥りがましくて、思わず目を逸らしてしまう。

かすかな衣擦れの音がして、ジルベスターが夜着を脱ぐ気配がした。

「さあ、今度は私にあなたを愛させてくれ」

低く色っぽい声に、ちらりと視線を戻すと、目の前に生まれたままのジルベスターの姿があった。

「っ――」

男の裸体の美しさに、ミリセントは息を呑む。古代の神話の青年神の彫像みたいに逞しく完璧に整っている。

白皙の美貌、引き締まった首、がっちりした肩、魅力的な曲線を描く鎖骨、広い胸板、綺麗に割れた腹筋、そして――。

視線がジルベスターの下腹部まで下りた時、ミリセントは生まれて初めて目の当たりにする屹立《きつりつ》した男の欲望の禍々《まがまが》しさに、小さく悲鳴を上げてしまう。

「きゃっ……」

美麗なジルベスターの外見からは想像もつかないほど、そこは凶暴で巨大だったのだ。

赤黒くそそり勃ち血管が浮き出て、まるで別の生き物のようにびくびくと脈打っている。

怖いのに目が離せない。

ミリセントの怯えた視線を感じたのか、ジルベスターがなだめるような声を出す。

「これをあなたの中に受け入れてもらう。怖いか？」

ミリセントは素直にこくんとうなずく。

こんな大きなものが、自分の慎ましい隘路に受け入れられるとは思えない。でも、ジルベスターとなら、どんな困難でも乗り越えられそうな気がした。

「少し……でも、きっとだいじょうぶです……だって」

ミリセントは無辜《むこ》な眼差しでジルベスターを見上げる。

「ジルベスター様が、私に辛い思いやひどいことをなさらないって、私、信じておりますから……」

ジルベスターに青い目が眩しげに眇められる。

「ミリセント——あなたはなんて可愛らしいのだろう。そう、ゆっくり大事に、愛してあげるからね」

ジルベスターがおもむろに覆《おお》いかぶさってきた。

「ミリセント、ミリセント」

ジルベスターが耳元で繰り返し名前を呼び、上気した頬や耳朶に口づけを落としてくる。彼の唇が触れた肌が、灼けつくみたいに熱くなる。

「あ……」

逞しく硬い筋肉質な男の肉体の感触に、心臓がことこと早鐘を打ち鳴らす。こんなに昂ぶっていては、心臓に喰らい付いている寄生虫が暴れ出さないかと、少しひやりとする。でもそんな杞憂《きゆう》は、これから起こる未知の行為への期待と不安で、すぐに吹き飛んでしまう。

ジルベスターの長い足が、そっとミリセントの膝の間に入り込み、両足を押し広げた。そして、彼がゆっくりと腰を沈めてくる。

濡れ果てた蜜口に、ぬくっと熱くて太い肉塊が押し付けられてきた。

「あ、あ……」

ミリセントは目をぎゅっと閉じて、思わずジルベスターの肩に縋《すが》り付いた。

「ミリセント、そんなに固くならないで、力を抜いて」

ジルベスターがささやくが、初めての行為に緊張しきっていてとてもできない。

「――無理もないか、ミリセント」

ジルベスターは片手で自分の怒張を握り、傘の張り出した先端で秘裂をくちゅくちゅと擦った。

「ん、んん……ぁ」

そこを擦られると、心地よい快感が湧き上がってくる。

ジルベスターは蜜口の浅瀬を亀頭で掻き回し、時折秘玉を擦り上げるようにして、刺激してきた。

「は……ぁ、あぁ、ん……」

悩ましい鼻声が漏れてしまう。

ミリセントが感じ始めたと察すると、ジルベスターの灼熱の先端が隘路を押し広げるようにして、じりじりと侵入してきた。

太茎がめりっと内壁を切り開く感覚に、びくりと身体が竦んだ。

「あっ、痛……っ」

小さく声を上げると、ジルベスターが動きを止める。

「痛いか？」

彼はすぐに腰を引き、蜜口の浅瀬を再びにちゅにちゅと攪拌《かくはん》した。同時に、指先で陰核を探り当て、そこをぬるぬると擦ってくる。さきほど達したばかりのそこは、ひどく感じやすくなっていて、あっという間に痺れるような快感が生まれてきた。

「ここは、気持ちよいだろう？」

「……ぁ、はい……あぁ、ん……」

下肢が蕩けそうな愉悦に緊張感が薄れ、新たな愛蜜が媚肉の奥から溢れてくる。

秘玉をぬるぬると撫で回しながら、再び屹立が挿入されてくる。

「は、あ、あ、ぁ……」

膣襞がしとどに濡れそぼっているせいか、今度は痛みはなかった。

その代わり、大きな塊に胸が押し上げられるような圧迫感に、苦しくて息を詰めてしまう。

そうすると、下腹部に自然と力が入って、膣壁がぎゅっと締まってしまう。

ジルベスターがくるおしげに息を吐いた。

「っ――ミリセント、きつすぎる。これでは押し出されてしまう」

彼は動きを止め、肩にしがみついているミリセントの耳朶に舌を這わせてきた。

「ひゃうっ」

耳の後ろを舐められると、ぞくぞくとした悪寒にも似た甘い疼きが走り、じくっと身体の芯が熱くなった。

「ああ、ここが感じるのか？　いいね、もっと感じてごらん」

ジルベスターはねっとりと耳殻に沿って舌を這わし、耳孔の奥まで差し入れて、くちゅくちゅと掻き回す。

「やぁ、あ、ぁ、やぁ、そこ……あ、あぁん」

擽ぐったいような焦れるような悩ましい快感に、ミリセントは思わず身悶えてしまう。

こんな普段はなんでもない耳朶が、官能的な快感を生み出すなんて、信じられない。

ジルベスターに触れられると、身体のどこかしもが猥りがましい器官にすり替わってしまうようだ。

「可愛いね、可愛い、可愛いミリセント」

熱い息とともにジルベスターの響きのいい声が直《じか》に鼓膜に吹き込まれ、全身の血がかあっと滾《たぎ》って逆上《のぼ》せてしまう。

「ああ、緩んできたね、ミリセント。ミリセント、口づけを。あなたの可愛い舌を味わわせて」

ジルベスターの唇が、耳元から頬へ、そして唇へ下りてくる。その悩ましい動きに、思わず顔を振り向け、彼の唇を求めていた。

「ん、ぁ、あ、ぁ、ジルベスター、様……んんぅ、んんっ」

ジルベスターの舌が唇を割って、少し強引にミリセントの舌を絡め取った。そのまま、ちゅーっと強く吸い上げてくる。

「ふぁあ、あ、ん、んぅ、んんぅ」

深く情熱的な口づけに、頭の中が真っ白になるほど感じ入ってしまう。くちゅくちゅと舌を擦り合わせる心地よさに、つたないながらも自分からも舌をうごめかせて、応えた。

口づけに夢中になっていたその刹那、ジルベスターが一気に腰を押し進めてきた。ずぐっと荒ぶる剛直がミリセントの処女肉を切り開き、そのまま最奥まで挿入される。

「んんーっ、んぅ、んっ」

痛みよりも凄まじい圧迫感に驚き、ミリセントは目を見開いた。

悲鳴を上げようとしたが、ジルベスターは舌を離してくれない。

「あ、あふ、ふ、ぁ……」

息が止まりそうな衝撃に、首をいやいやと振る。

熱い。

内壁をぎちぎちに太い肉胴が埋め尽くし、内臓まで貫かれたような錯覚に陥る。

身動きすると内側から壊れてしまいそうで、男の欲望を受け入れたままじっとしていると、ジルベスターが唾液の銀の糸を引いて、ようやく唇を解放してくれた。

彼が深くため息をつく。

「ああ――全部挿入《はい》ったよ。ミリセント。あなたと私は、今結ばれてひとつになっているんだ。わかるかい？」

感慨深い声を出し、ジルベスターがじっと見つめてくる。

ミリセントは浅い呼吸を繰り返しながら、隘路で脈打つ欲望の感触に目眩を覚えそうになる。とうてい受け入れられないと思っていたのに、今、根元まで深々とジルベスターの欲望を受け入れている。

この人のものになったのだ。

引《ひ》き攣《つ》るような苦しさはあるが、感激の方がずっとまさっていた。

「ジルベスター様、嬉しい……嬉しいです。私の夢が、叶いました」

涙が目に溢れてくる。

ジルベスターの青い目も、心なしか潤んでいるようだ。

「私も嬉しい――あなたの中、狭くてきつくて熱くて――女性の中というものは、こんなにも心地よいものなのだな」

彼はぎゅっとミリセントの身体を抱きしめ、額や頬に口づけの雨を降らせ、ささやく。

「動くぞ。私にしっかり抱きついておいで」

そう言うや否や、ジルベスターはゆっくりを腰を引いた。

「あ」

膣襞が引き摺り出されそうな感覚に、びくりとして目を瞑《つぶ》る。

蜜口まで後退したジルベスターは、再び根元まで挿入してくる。こんなふうに動くものなのか。身体が結ばれれば、それで終わりかと思っていたミリセントは、ただただジルベスターに揺さぶられるままになる。

内壁が燃え上がるように熱くなる。

夢中でジルベスターの広い背中に両手を回し、ぎゅっとしがみついた。

「ん、あ、あ、ああ」

ジルベスターはゆったりした動きで抜き差しを繰り返す。

次第に、引き攣《つ》れるような感覚が無くなり、肉胴の動きが滑らかになってきた。

それとともに、ジルベスターの抽挿が少し速くなる。

傘の開いた先端が、熱く疼き上がった濡れ襞を擦っていく感触がじわじわと心地よいものに変化していく。

「は、ぁあ、あ、ぁあ……」

内側から生まれてくる重苦しい愉悦に、ミリセントは混乱し翻弄される。

これは子どもを成す行為。

苦しくて痛いのをじっと耐えて、子種を受け入れるだけの行為。

そう教えられてきたはずなのに。

こんなにも情熱的で、めくるめく快感を生み出すなんて知らなかった。

ぴったりとひとつに重なったまま、受け入れた箇所が甘く蕩けていく。

「あっ、あぁ、あ、あぁ……ジルベスター様、あ、あ、私……どうしたら……」

太い脈動が破瓜《はか》したばかりの灼けた媚肉を擦り上げるたび、じわりと快感が増していき、どうしていいかわからない。

はしたない、気持ちよくなるなんて、いけない。

そう自分を抑えようとするが、喘《あえ》ぎ声を我慢していると、よけいに内にこもった官能の奔流が逃れどころを失い、苦しくなる。

ジルベスターは腰を前後に揺さぶりながら、ミリセントの表情の変化を素早く見抜く。

「悦くなってきたか？　ミリセント——恥ずかしいことではない。あなたが心地よくなると、私も嬉しい。いいのだよ、感じるまま声を出し、動いてもいい」

ジルベスターの呼吸が乱れ、声が掠れている。

ミリセントは潤んだ目でジルベスターの表情を伺う。

白皙の額に玉のような汗が浮かび、長いまつ毛をわずかに伏せ、なにかに耐えるような表情で腰を使っているジルベスターは、今まで一番無防備で頼りなげに見える。

それがなんだかとても愛おしいと思う。

一糸まとわぬ姿で結ばれていると、心の鎧《よろい》も外れてしまうものなのか。

皇帝陛下と捧げられた王女ではなく、ただの男と女として今、こうしている。

「はぁ、あ、あぁ、ジルベスター様……っ……熱くて……中が、熱くて……気持ち、いい、の……」

「そうか、ミリセント――私も、とても悦い。あなたの中、最高に素晴らしいよ」

ジルベスターがさらに腰の動きを速めてくる。

「あっ、あ、あっ、あぁっ」

ずんと最奥まで突き上げられると、身体がどこかに飛んで行ってしまうような錯覚に陥り、必死でジルベスターの肩にすがりつく。

ちゃぷちゃぷと愛蜜が弾ける淫猥な音と、ジルベスターの荒い息遣いに、ミリセントの官能が煽《あお》られてくる。

下腹部の奥で、感じたことのない悦楽が弾け、全身が慄く。

「ぁあ、あ、ジルベスター様、あぁん、あ、や……あぁっ」

初めは苦痛を伴うじんわりした快感だけだったのに、次第に大波のような愉悦が肥大してきて、頭の中まで燃え立つようだ。

深く突き上げられるたびに、甲高い嬌声が止められなくなる。

「いやぁ、あ、どうしよう……声、恥ずかしい……のにぃ」

息も絶え絶えでつぶやくと、ジルベスターがバリトンの声を震わせる。

「いい声だ。なんて可愛い声で啼《な》くのだろう。とても興奮する。ミリセント、もっと聞かせて。もっと感じてほしい――もっともっと啼かせたい」

ジルベスターは上半身を起こすと、ミリセントの膝裏に腕をくぐらせ、大きく足を開かせた。

秘部がぱっくり開いて、はしたない格好に気が遠くなる。

「あっ、きゃぁ、やぁ、こんな……っ」

「ほら、ミリセント。あなたの中に、私のものが出入りしている。あなたの中がきゅうきゅう締まって、ものすごく気持ちいいよ」

ジルベスターからは、ミリセントの慎ましい秘裂に抜き差しする怒張が丸見えなのだろう。

恥ずかしくて恥ずかしくて、全身が燃え立つように熱くなるが、どういうわけか、恥ずかしさが増すほどに、気持ちよさまで増幅されてくる。

太い肉茎が引き摺り出されるたび、媚肉の奥からはしたないほど愛蜜が吹き出して、二人の結合部をびしょびしょに濡らしていく。

「あぁ、あ、いやぁあ、こんなの……あぁ、だめ、です、あぁ、だめぇ……」

「そう言いながら、押し出すくらい締めてくる。堪《たま》らない、ミリセント。もう、止まらぬ」

ジルベスターの腰の動きが、さらに大胆なものになる。

深く最奥まで突き上げたかと思うと、浅瀬をぐるりと掻き回し、再び深く突き入れてくる。

その緩急をつけた振動が、ミリセントにさらなる快感を与えてくる。

子宮口まで深々と抉られると、息が止まるような衝撃に思わず強くイキんでしまう。

そうするとジルベスターの硬く太い陰茎の形がありありと感じられて、あまりに卑猥《ひわい》な感覚に目眩がしそうだ。

「はぁ、あ、ジルベスター様、だめ、もう、だめ……なにがなんだか、もう、わからなくなって……ぁ、あぁあっ」

ジルベスターの情熱的な腰の動きに、もはやミリセントはわずかに残っていた理性の欠片《かけら》も粉々にされ、ただ感じるままに身を捩り嬌声を上げ続ける。

「はあ――ミリセント、私もおかしくなりそうだ、もう――」

ジルベスターが深いため息を大きく吐き、ミリセントの両足を抱え直すと、体重をかけるようにして真上からがつがつと穿《うが》ってきた。

子宮口をごりごり抉られ、ミリセントはどうしようもない悦楽に目の前が真っ白に染まって

いくのを感じる。

「あ、あぁ、あ、もう、壊れて……おかしくなってしまいます、もう、もうっ……っ」

さっき秘玉で達した時のように、全身が強張ってくる。

腰ががくがく痙攣し、媚肉がうねるようにジルベスターの剛直を締め付けてしまう。

「く、また締まる──ミリセント、また達きそうなんだね。いいとも、今度は、私と一緒に達こう」

ジルベスターはそう言うや否や、容赦ない勢いで腰を打ち付けてきた。

ずちゅっずちゅっと、太いカリ首に掻《か》き出された愛蜜が、恥ずかしい水音を立てる。

「ひああ、あ、や、だめ、あ、やぁ、だめ、も、もうっ……っ」

なす術《すべ》もなく、快楽の頂点へ押し上げられる。

ミリセントは髪を振り乱し、甘く淫らな喘ぎ声を上げ続ける。

「やぁあ、あ、もう、もう……ジルベスター様っ」

頭の中が真っ白になり、ミリセントはびくびくと身体を震わせて愉悦の波に意識を攫われる。

「──っ、ミリセント、最高だ──ああ、出る。出すよ、あなたの中へ、全部──っ」

ジルベスターが低く呻《うめ》き、ぶるりと大きく胴震いした。

「あ、あぁ、あ、あぁ……っ」

びくびくと最奥でジルベスターの欲望が震え、次の瞬間どくんどくんと、大きく脈動した。

最奥に勢いよく、男の欲望の飛沫《しぶき》が放出される。

「ん……ぁ、あ……ぁ、熱い……」

お腹《なか》の中に熱いものがじんわりと広がっていく。

ああいま、ジルベスターの子種を受け入れたのだ、としみじみ思う。

ジルベスターはずん、ずん、と何回か強く腰を穿ち、一滴残らず精の迸《ほとばし》りをミリセントの中に吐き出す。

「はあ――」

ふいにジルベスターの動きが止まった。

同時に、身体の強張りが解け、ミリセントはぐったりとシーツの上に沈み込む。

詰まっていた呼吸が回復し、全身にどっと汗が噴き出してきた。

ジルベスターがミリセントの両足を離し、まだ繋がったままゆっくりと覆いかぶさってくる。

彼の引き締まった肉体も、汗でしっとりしている。

「はぁっ……ぁ、はぁ……」

彼の荒い呼吸音が耳朶を擽る。

きっと自分と同じようにジルベスターも気持ちよく感じてくれたのだ、そう思うと、胸の奥がきゅんと甘く疼き、ぴったりとひとつになって息づいている肉体がとても愛おしくなる。

息を整えながら、ジルベスターが顔をこちらに振り向け、小声でささやく。

「素晴らしかったよ——ミリセント」

彼の唇がごく自然というふうに寄せられ、そっと口づけをする。

「ん……ふ……」

まだ自分の中にジルベスターがいて、ひとつになったまま口づけを受ける幸福感に、涙が出そうになる。

啄ばむような口づけを交わすと、ミリセントはまだ快感の余韻の残る表情でつぶやく。

「これで、お子が授かったのですね」

ジルベスターがにこりとする。

「うん。そうかもしれないが——初めてで授かることはまれだという。やはり、なんども深く身体を交わすことが大事だろう——もう一度、試すか？」

ミリセントは目をぱちくりした。

「えっ？　一回きりではないんですか？　こんなすごい行為を、一晩で何回もするんですか？死んでしまいませんか？」

ジルベスターが、はははっと白い歯を見せて笑う。

「ふふっ、ははっ、ミリセント。あなたって、なんて無邪気で無垢で、可愛らしいのだろう。堪らない。可愛い、ほんとうに可愛い人だ」

ミリセントはきょとんとする。何がおかしいかわからないのだが、こんなにも屈託なく笑う人だったのか。

一気にジルベスターとの距離が縮まったみたいで、ミリセントは心が躍ってしまう。ひとしきり笑ったジルベスターは、ふいに真顔になった。

「ミリセント。あなたは何色にも染まってない、真っ白な心の持ち主なのだね。あなたと巡り会えたことは、奇跡だ」

「奇跡……？」

ジルベスターがゆっくりと身を起こした。

「そう。私はもしかしたら、あなたのような乙女に出会うことを待っていたのかもしれない」

彼の青い目が、真摯に見下ろしてくる。

「ミリセント。大事にする。あなたとの時間を、私は大事に愛おしむことを誓う」

「……ジルベスター様……」

ミリセントはせつなさに胸がいっぱいになってしまう。

大勢の美女のいる後宮に入ったら、自分など到底相手にされないのではないかと、不安と悲しみを抱えて祖国を出立したのに。

寿命のある小国の王女に、ジルベスターはこんなにも誠実に向き合ってくれた。もう、それだけでも生まれてきたかいがあった。

と、自分の中で萎えていたジルベスターの欲望が、どくんと震えたかと思うと、みるみる勢するほど色っぽい表情だ。

いを取り戻してくるのを感じた。

「あっ？」

びくんと腰を浮かせてしまう。

「ほら、あなたがあんまり魅力的だから、また欲しくなった」

ジルベスターが薄くほほえむ。そこには、すでに淫らな欲望の色が浮かんでいて、ぞくぞくするほど色っぽい表情だ。

だが、あんな激しい行為を再び繰り返せるものなのか。

「あ、あの……待って、もう、無理……」

「そんなことはない。今度は、もっとじっくりあなたを愛したい」

そう言うと、ジルベスターはずくん、と強く穿ってきた。

「あ、あっん」

まだ快楽の名残のある媚肉を擦り上げられて、思わず艶《なま》めかしい声が出てしまう。

「ほら、あなたも感じている」

ジルベスターがゆったりと腰を打ち付けてくる。

「や……ん、あ、あぁ、だめ……」

身をくねらせて拒もうとしたが、腰を抱き寄せられ、さらに深い抽挿が始まった。

「ん、あ、ぁ、あ、だめって……壊れちゃう……」

「そう言いながら、あなたのここは私に絡みついて離さないぞ」

腰を使いながら、ジルベスターはミリセントの背中に腕を回し、掬い上げるように抱き起こす。

ふわっと身体が浮いたかと思うと、起き上がったジルベスターの腰を跨《また》ぐような格好で向かい合わせになっていた。

「あっ、やだ、こんな……格好……恥ずかしい……っ」

頬を染めると、ずちゅぬちゅと腰を上下に揺さぶりながら、ジルベスターが息を乱す。

「ふふっ、もっともっと、恥ずかしい格好があるのだよ、ミリセント。なにもかも、全部あなたに教えると言ったね。だから、いっぱいいっぱい恥ずかしい格好にさせてあげるよ」

欲情に囚われたジルベスターからは、さっきまでの優しさが少し消え、加虐的な危険な色香が立ち上る。それもまた魅力的で、ミリセントはぞくぞく下腹部が淫らに疼いてしまうのを感じた。

「やぁ、お願い、あ、あぁっ、あぁあ」

激しく突き上げられ、思わず背中を仰け反らせて喘ぐと、前に突き出た揺れる乳房に、ジルベスターが顔を埋め、感じやすい乳首を口に含んで、腰を突き上げながら強く吸い上げてくる。

「あぁ、だめ、そんなにしちゃ、あ、はぁあっ」

乳首の刺激は媚肉を直撃して刺激し、びくびく疼き上がった膣壁が締まる。そうすると、ジルベスターの太くて硬い屹立の感触をより感じて、どうしようもないほど心地よくなってしまう。

「いやぁん、だめ、もう、だめ、なのに……ぃ」

「そう言いながら、ここはこんなにきゅうきゅう締めてくる。いいね、覚えが早い。とてもいい反応だ——ほら、口を開けてごらん」

ジルベスターは満足げにつぶやき、貪るようにミリセントの唇を求めてくる。

思わず自ら舌を差し出していた。

「……はふ、あ、ぁ、ふあ、ぁあん、あ、あぁ」

「ああミリセント、また感じてきたか？　可愛いね、いっぱいいっぱい上げようね。あなたをいっぱい悦くしてあげようね」

「んぅ、んん、ジルベスター様ぁ、ください、いっぱい、ください……」

もう、恥ずかしさはなかった。

求められている。私が求められている。

その悦びだけが心を満たしていた。

やがて蕩けるような快楽の中で、ミリセントは何も考えられなくなってしまう——。

第三章　影を落とす出来事と、蜜月の甘さ

ミリセントは、また七歳の夏の夢を見ている。

朽ちた猟師小屋で出会った、見知らぬ少年――。

ぐっしょり濡れて、どこか怪我《けが》をしているらしく床に血の跡がある。

小屋の側に川が流れている。もしかしたら少年は川に落ちてここまで流されてきて、小屋に這《は》い上がってきたのかもしれない。着ているものが上等なので、どこかの貴族の子どもだろうか。

「……どうしたの？　あなた、何があったの？　お一人なの？」

ミリセントはおずおず声をかけたが、少年はマントで顔を隠すようにして、疑《うたぐ》り深《ぶか》い表情で無言でいる。

ミリセントは少年を安心させようと、微笑んだ。

「ここには、私とこの犬しかいないの。どなたか、呼びにやりましょうか？」

「誰にも言わないで！」

少年が鋭い声を出す。

ミリセントはそのアルトの声の響きに、なんだか心臓が震えてしまう。

「わかったわ、誰にも言わない。でも――なにか、してあげられない？　欲しいものは、ないの？　私もいない方がいい？」

少年は答えず、マントの陰からじっとミリセントを凝視している。

ミリセントは気まずくなり、ゆっくりと背を向ける。

「それじゃ……私、行くわ。心配しないで。誰にもあなたのこと、話さないから」

パルが音もなく立ち上がり、ミリセントを守るように彼女の背後に回った。

ミリセントは扉に手をかけると少し心残りで、ちらりと少年を振り返る。

少年はミリセントが振り向いたので、安心したように小さく息を吐いた。

「なにか――」

「え？」

少年が少し顔を赤らめたようだ。

「温かい飲み物が欲しい。それと、着替えが無理なら乾いた毛布。あと、傷薬と包帯があれば――」

ミリセントはぱっと顔を綻ばせる。少年から助けを求めてくれたことが、警戒心を緩めてくれたようで嬉しかった。

「わかった、すぐに持ってくるわ」

扉を押し開け、少年を安心させるように念を押した。

「誰にも、言わないから」

「——うん」

少年はかすかにうなずいてくれた。

ミリセントは急いで木陰で居眠りしていたフリーダを起こし、少し疲れたから別荘に戻ると告げた。別荘に帰ると、昼寝をするからとフリーダと侍従たちに言い置き、急いで少年に頼まれたものを集める。

熱いミルクティーを、蓋の閉まる陶器の瓶に入れた。もしかしたらお腹が空いているかもしれないので、台所にあったビスケットも包んだ。男子の服は無いので、自分用の長い寝巻きと毛布を探す。傷薬と包帯は、自分の部屋に常備させてある薬箱の中から抜き出した。

それらを全部、肩がけの大きなバッグに入れた。

「パル、おいで」

声をかけると、パルは素早くミリセントの前に付く。頭の良いパルは、状況を呑《の》み込《こ》んでかひと言も声を漏らさない。

パルを連れてバックを担いで、そっと別荘の裏口から出た。

もともと、ごく少人数の侍従しかいないので、誰にも見つからずに別荘を抜け出てくることができた。

少し重い荷物が華奢《きやしや》な肩に食い込むが、少年を助けたい一心で、夢中になって山道を登って行った。

猟師小屋まで辿《たど》り着《つ》き、扉を小さくノックする。

「──私よ、入るわね」

そっと扉を押し開けると、先ほどと同じ位置に、少年がマントを頭からすっぽり被り、壁にもたれてうつむいて座り込んでいる。まつ毛を伏せ、うとうとしているようだ。

ミリセントは足音を忍ばせて近づき、小さく声をかけた。

「あの……気分はどう？」

「──ん」

少年はふっと瞼を開ける。青い目がぼうっとして、焦点が合っていない。顔色が青ざめて、さっきより元気がないようだ。

ミリセントはバッグを下ろし、急いで飲み物の容器を取り出し、蓋を開ける。

「ミルクティなの」

両手で容器を差し出すと、立ち上ったミルクティの香りに、少年の表情がかすかに動く。彼は右手を差し出したが、二の腕あたりがざっくり裂けて血が滴っていた。

「っ……」

ミリセントは息を飲んだが、すぐに気を取り直し、さっと少年の傍に跪き、彼の背中を支えて飲み物の容器を口元に近づけた。

「熱いから、やけどしないように少しずつ、飲んで」

少年は逆らわなかった。

ミリセントにされるがままで、少しずつミルクティを口に含む。

「ああ――美味しい」

少年がしみじみした声を出したので、ミリセントは安堵する。

少年は容器の半分ほども飲み干した。

その後、ミリセントは薬と包帯を出し、少年に控えめに尋ねる。

「あなたは、腕を怪我しているから、私が手当てしてもいい？」

少年は素直に怪我をしている右手を差し出した。

「お願いする」

ミリセントは彼の言葉に、胸がじわっと熱くなる。

ぎこちない手つきだが、心を込めて少年の傷口を手当てした。

傷薬を塗り、包帯を巻き終えると、ミリセントはほっと息を吐き出す。なんとか手当てをすることができた。

「あの、代わりの服がなかったの。でも、私の大きめの寝間着なら、すっぽり被るだけだから着られると思う」

寝間着を差し出すと、少年はそれを受け取り、くるりと背中を向けた。

「見ないでくれ」

ちょっと偉そうだ。

「あ、はい」

焦って背中を向ける。

背後のごそごそ着替える音を聞きながら、ミリセントは声をかける。

「あの……お名前は？」

「言えない」

ぶっきらぼうに返され、少し傷ついてしまう。

「そう、わかったわ」

「君の名前は？」

逆に聞かれ、少しツンとして答えた。

「教えません」

すると、後ろでくすっと少年が忍び笑いした。

「なにがおかしいの？」

むっとして思わず振り返ると、少年はすでに着替えていて、マントだけは目深に頭から被って顔を隠していた。

少年は立ち上がっていた。

その時初めて、ミリセントは彼がひょろりと背が高いことを知った。ミリセントの渡した夜着は、少年の太腿のあたりまでしか丈がいっていない。自分の一番大きな夜着を持ってきたのだが、少年は思った以上に背丈があったのだ。

「ふふ、短い」

少年がおかしそうに笑う。

ミリセントもつられて笑ってしまう。

「ごめんなさい、つんつるてんね」

二人はしばらくくすくす笑い合った。

笑っているうちに、少年は出血で弱っていたのか、足元が軽くふらつく。

「危ない！」

ミリセントは思わず少年の背中を支えようとした。

だが小柄なミリセントの力では支えきれず、二人はもつれ合うように床に倒れ込んでしまった。その時、少年はとっさに自分の身体が下敷きになるように体勢を入れ替えた。

「きゃっ」

らした。


「うっ――」

ミリセントは、少年が痛みに耐えるように顔を顰めたのにどきんとした。

「ああ、ごめんなさい、だいじょうぶ？　怪我は？」

慌てて身を離し、少年の顔を覗き込むようにした。

少年はミリセントの顔がすぐそこにあることに、ハッとした表情になる。彼は慌てて顔を逸
「だ、だいじょうぶだ」

ミリセントも、一瞬まともに少年と目を合わせてしまったことに動揺する。

「よ、よかったわ……」

二人は顔を背けたまま、気まずい思いで黙り込んだ。

パルが心配げにくーんと鼻を鳴らしたので、ミリセントはやっと我に返った。

慌ててスカートを直しながら立ち上がる。カバンを少年のそばに置き、

「あ、あの、ここに毛布と、あと少し食べるものがはいっているから――明日、また来ても、いい？」

と言い置いて、扉に向かった。

「――来てほしい。ありがとう」

少年が声をかけてくる。優しい声色だ。

ミリセントは胸がかあっと熱くなり、身体が痺れるような甘い喜びが駆け抜けるのを感じた。

「ううん。早く元気になってね」

頬が熱いので、恥ずかしくて振り返るのはやめた。

でも、うなじのあたりに少年の熱い視線を感じて、ドキドキが止まらなかった。


ベッドの天蓋幕の隙間から、日差しが差し込んできた。

「あ……」

ミリセントはぼんやりと目を開ける。

見慣れないベッドの上にいる。まだ、夢の続きを見ているような気がした。

それから、ハッと気がついて、慌てて身を起こす。

「っ」

昨夜初めてジルベスターを受け入れた箇所が、ぎしぎしと強張った。まだそこに、太くて硬いものが挟まっているような錯覚がする。彼に熱く抱かれた記憶が蘇《よみがえ》り、羞恥に頬が火照った。

「ジルベスター様……？」

すでに彼の姿はなく、広いベッドに一人きりだ。

身体はいつの間にか清められて、ま新しい夜着に着替えさせられてあった。

ジルベスターがしてくれたのだろうか。そう考えたら、再び顔から火が出そうなほど恥ずかしくなった。

ベッドから出ようとして、枕元に置かれた一枚の皇室の紋章入りの便箋に気がついた。美しい飾り文字で、さらさらと走り書きがしてある。

取り上げて読むと、

「疲れただろう。好きなだけ休みなさい。私は御前会議があるので、先に出る。夜、あなたと晩餐を共にしたいので、使いをよこす。　ジルベスター」

と、したためてあった。

「ジルベスター様……」

ミリセントは胸を熱くさせ、ジルベスターの名前の文字をそっと指で辿《たど》った。

夢みたいだったが、ほんとうにジルベスターと結ばれたのだ。

熱く情熱的でくるおしい時間。

まだ身体の芯に、官能の妖しい熾火《おきび》が残っているよう。

うっとり昨夜の出来事を回顧していると、寝室の扉の外で、なにやら言い争うような声がした。

「姫君は、まだお休みでございます」

「問答無用です。中に入れなさい」

「そうよ。我らは前陛下の妃であるぞ」

フリーダと少し年配の婦人たちのようだ。

何事かと、ミリセントは怯えて再びベッドの中へ潜り込み、上掛けを肩まですっぽり被る。

ばたん、と乱暴に寝室の扉が開いた。

ミリセントは目を見開く。

未亡人の印である灰色の襟の詰まったドレスに身を包んだ二人の婦人が、ずかずかと寝室へ踏み込んできた。

一人はでっぷり太った栗色《くりいろ》の髪の婦人で、もう一人は目のぎょろりとした痩せたブロンドの髪の婦人だ。二人とも年の頃は四十代くらいだろうか。

彼らはベッドの前までくると、じろじろとミリセントを見下ろしてくる。

「ど、どなた、ですか？」

ミリセントは上掛けに隠れるようにして、身を縮こませた。

「ふぅん——小娘ではないか」

「陛下の好みの女性は、このような娘か」

二人の婦人は、ミリセントの言葉に応じることもなく、ひそひそ話している。

そして、太った方の婦人がやにわに上掛けを掴んで、ぐいっと手前に引いた。

「ああっ」

ミリセントは身を覆うものを奪われ、思わず両手で肩を抱いて顔を伏せた。

二人の婦人が目を皿のようにしてシルクのシーツの上を覗き込んでいる。

ミリセントはハッとする。

乱れたシーツの上には、破瓜の血痕の跡が点々と散っている。

太った方の婦人が聞こえよがしにつぶやく。

「陛下のお手がついたということじゃな」

ミリセントは、恥辱と恐怖で悲鳴を上げて顔を両手で覆ってしまう。

「いやああっ、見ないでくださいっ」

「姫君っ」

フリーダが血相を変えて飛び込んできた。

彼女はぶるぶる震えているミリセントの背中を抱え、二人の婦人をキッと睨《にら》んだ。

「いかな前陛下の妃様たちであろうと、このような不敬は許されませんぞ。どうか、早々にお引き取りくださいい！」

恰幅《かっぷく》のいいフリーダの野太い声に、二人の婦人は鼻白んだように顔を見合わせた。

「ふん、取《と》り敢《あ》えず今日のところは引き下がるとしようか」

「そうじゃな」

彼らは目配せし、くるりと背中を向けた。

戸口まで来ると、目のギョロリとした方の婦人が振り返り、冷ややかな声で言う。

「陛下のお手が付いたからと、いい気にならぬようにな。この後宮は、我らが仕切っておるのじゃ。そのことをよく心得よ」

ミリセントは呆然とし言葉もなく、二人が悠々と出ていくのを見つめていた。

扉が閉まると、フリーダが気遣わしげに声をかけてきた。

「姫君、ご気分は？　大丈夫ですか？」

ミリセントは青ざめて顔を上げる。

「あのご婦人方は……？」

「なんでも、先の皇帝陛下の第一妃と第二妃ということです。前陛下がお亡くなりになったあと、この後宮での権力を一手に握っておられるとか」

「第一妃と第二妃……」

「はい。現皇帝陛下の母上は、第三妃だったそうです——これは、ちらりと他の侍女から耳にしたことなのですが——」

フリーダが声を潜め、ミリセントの耳元でささやいた。

「第一妃と第二妃にはお子が恵まれず、唯一男子をお産みになった第三妃のことを、ひどく疎ましく思っておられたとか——」

「ジルベスター様のお母上のことを？」

「ええ――どうやら、前妃たちと現皇帝陛下の間にも、確執があるようです。でも、だからといって、姫君にこのような無体を働くなど、もってのほかです。今や姫君は、陛下の第一妃になったと言ってもいいのですから、この無礼は陛下に報告しましょう」

気の強いフリーダが憤然としているので、ミリセントは小声でなだめた。

「フリーダ、私はこの後宮では新参者だわ。ジルベスター様に、余計なご心配をおかけしたくないの。どうか、抑えてちょうだい」

フリーダはしぶしぶといった体でうなずく。

「姫君がそう仰《おつしや》るのなら――」

ミリセントはまだ辱めを受けた衝撃から立ち直れないでいたが、フリーダを不安にしないようにと、無理矢理に笑顔を浮かべる。

「さあ、それより湯浴みするから、そのあとで着替えを手伝ってちょうだい。後宮はおろか、まだ自分のお部屋の様子も詳しく見ていないのですもの、今日はやることがたくさんあるわ」

明るい声を出して、自分の気持ちも引き立たせようとした。

午前中かけて、自分にあてがわれた部屋を一通り見て回った。

控えの間、応接室、準備室、衣装室、客室、寝室、浴室、洗面室、書斎まであって、どの部屋も広く清潔で、趣味のいい高価な調度品が置かれている。衣装室にはあらかじめ、ミリセントのサイズに合わせた衣服が小物から下着に至るまで、ぎっしりと揃《そろ》えられていた。フリーダ用の部屋まで用意されていて、小国の末姫には過分の待遇だ。

軽い昼餐《ちゆうさん》をとったあと、ミリセントはフリーダを伴い、部屋から庭に面している回廊を散歩することにした。

いろいろ考えをまとめたかった。

色とりどりの花が咲く庭園の奥に、大理石で設えた綺麗な四阿《あずまや》が見える。

「フリーダ、私、あの四阿でひと休みするから、午後のお茶の時間まで、一人にしておいてくれる？」

そうフリーダに声をかけると、彼女は、

「かしこまりました。でも、ご気分が悪くなったらすぐにお戻りください。私は回廊のベンチでお待ちします。なにかあれば、大声で呼んでくだされば、すぐ駆けつけますから」

と言いおいて、回廊へ戻っていく。

ミリセントはつる薔薇のアーチに囲まれた小径《こみち》を、四阿にむかってゆっくり歩いていった。

ジルベスターのことを思う。

優しくて心の広い人。

でもきっと、ミリセントだけではなく後宮に送られるすべての女性を、ジルベスターは平等に丁重に受け入れているのだろう。

彼は言っていた、

「後宮には、これまで私に献上された女性たちが、それぞれ好きな生き方をしている」と。

そして、ジルベスターはミリセントのわがままな願いも聞き届けてくれた。

献上された女性たちに指一本触れないと決めていた彼に、二年という寿命と引き換えに同情を引くような形で抱いてもらった。

ミリセントにとっては至上の悦びだったが、ジルベスターの方はどう感じたのだろう。

かわいそうだと思ってくれているかもしれないが、それ以上の感情はきっとないに違いない。

内心は厄介な王女が来たものだと、疎ましく思っているかもしれない。

胸がちくんと痛む。少しだけやるせない。

(それでも、いい……期限付きの私の恋を叶えてくれるのだもの……)

ミリセントは心の中で自分に言い聞かせる。

考えごとをしながら四阿への階段を上っていくと、すでにそこに誰かいるのに気がついた。

火のような赤毛をした若い娘が、背中をこちらに向け、立てた三脚の上に置いた布のキャンバスに向かって、しきりに絵筆を走らせている。

「あ……」

思わず声を出すと、娘がぱっと振り返る。

鼻にそばかすの散った愛嬌《あいきょう》のある娘だ。ミリセントと同い年くらいか。

「あら？　あなたは――」

娘が絵筆を傍の小卓の上に置き、こちら向きになる。全身を一枚の布で覆ったような独特の服装をしている。足には革のサンダルのようなものを履いている。遊牧民によく見られる格好だな、と思う。

「ご、ごめんなさい、お邪魔をしてしまったかしら」

ミリセントが控えめに言うと、娘はにこっと白い歯を見せて笑う。

「ううん、いいのよ。ちょうどひと休みしようと思っていたから――あなた、一番新しく後宮に来たお姫様でしょ？」

笑うとひどく人懐こい表情になる。

ミリセントは自分が後宮に入ったことは、もう後宮中に知れ渡っているのだな、と思う。

「ええ、ミリセント・バッハといいます。バッハ王国の第三王女です」

「私は、アガーテ・ツェルナー。砂漠の真ん中にある、ちっぽけな公国の末公女よ。私なんか、十五番目の娘よ」

アガーテがくすっと笑う。

「あなたはとても綺麗ね。私なんかちっとも美人じゃないのに、若いからってだけで、この国に献上されたの。ひどいでしょ？　私の国は戒律がとても厳しくて古臭い因習が多いのよ、女は男性より地位がうんと低いの」

彼女は身にまとっていた長い服の端を、顔に巻きつけてみせた。

「ほんとは女性は、夫以外の人に会うには、こうして顔を隠していなくちゃいけないの。窮屈よね、この国に来て、陛下から『好きなように生きていい』と告げられた時は、やったあー、って飛び上がっちゃったわ」

アガーテは活発な性格らしく、身振り手振りを交えて賑やかに喋《しゃべ》る。

「私は、ほんとうは絵を描く仕事をしたかったの。祖国では女性が仕事を持つなんて、もってのほかだったから、私、ここに来てほんとうに幸運だわ」

ミリセントは、アガーテが描いていたキャンパスをそっと覗き込んだ。

美しい庭園の花々が、幻想的なタッチで描かれている。

「まあ、すごくお上手だわ。美しい夢の中の世界みたい」

ミリセントが手放しで褒めると、アガーテは頬をぽっと染めた。

「ありがとう。でも、まだまだよ。うんと勉強して、うんと描いて、いつか有名な画家になるのが私の夢なの」

ミリセントは生き生きと未来を語るアガーテを、眩しい思いで見ていた。

「素敵ね、アガーテさんは——」

アガーテは、ふと言葉を止めた。みるみる顔が赤くなる。

「ごめんなさいね。私のことばかりべらべら喋ってしまって。ミリセントさんはまだこの国に来たばかりですものね、不安でしょう？　でもね、陛下は怖くないわ。とっても優しくていい人よ」

　ミリセントはほほ笑んだ。

「知っているわ」

　アガーテは嬉しげに笑う。

「でしょう？　ミリセントさんも、なんでもやりたいと思った希望を陛下に出していいのよ。遠慮しないで、あ、でも——」

　不意にアガーテが声を潜めた。

「後宮の一番奥の別宅に住んでいる、前陛下の第一妃エリゼ様と第二妃インゲルト様には気をつけた方がいいわ。ミリセント様はとてもお綺麗だから、彼女たちにいじめられるかもしれないわ。あの人たち、後宮に来る若くて美しい女性にすごく意地悪するのよ。陛下に気に入られないようにって、いろいろ邪魔してくるの」

　ミリセントは今朝、不躾《ぶしつけ》に初夜の印を確認しに来た二人の元妃のことを思い出し、背中がぶるっと震えた。

「どうして、前のお妃様たちが、そのようなことを？」

　アガーテはさらに声をひそめる。

「現陛下は、自分たちより格の低い第三妃のお子だからだっていう話よ。第三妃がご存命の頃は、幼い皇太子殿下共々、数々のひどい仕打ちをうけたらしいわ」

アガーテは不愉快そうに鼻を鳴らした。

「ほんと、くだらないわ。私、そういうこと、大嫌い。私なら、断固戦うわ」

ミリセントは開けっぴろげで明るい性格のアガーテに、好意を感じた。

生命力と活力に満ちたアガーテに、ほんのりとした憧れすら覚える。おずおずと切り出す。

「あの……私、ここで知り合いがまだ誰もいなくて……アガーテさん、お友だちになってくださらない？」

アガーテはぱあっと満面の笑みになった。

「もちろんよ！　ほんとうは、ひと目お会いした時から、私の方から言い出そうと思ってたくらいなの。この後宮では、なかなか他の方と交流する機会がなくて、私、寂しかったのよ」

彼女は真夏のひまわりみたいな笑顔をして、ぎゅっとミリセントの手を握った。

絵の具だらけのアガーテの手は、生命力に満ちて力強く、ミリセントは自分の中にまで彼女の活力が入ってくるような気がした。

「嬉しい……私、今までお友だちって一人もいなかったから、とっても嬉しい……」

ミリセントは嬉しすぎて泣きたいような気持ちになる。

アガーテはじっとミリセントを見ていたが、目を輝かせて切り出した。

「ね、ミリセントさん、絵のモデルになってくださらない？　今まで風景ばかり描いていたけど、ほんとうは人物も描きたかったの。陛下はとってもハンサムで絵になるけど、お忙しい方だからとても頼めないし。ミリセントさんは、私が出会った中で一番お綺麗な女性だわ。ぜひ、描いてみたいの。だめ？」

ミリセントも興奮してくる。

「光栄だわ！　ぜひ、描いてほしいわ！」

「わあ、やったあ！」

アガーテは、両手を打って喜ぶ。

「それじゃ、明日の同じ時間に、この四阿で待ち合わせない？　ほら、今お花が盛りだし、お庭を背景にミリセントさんを描いてみたいわ」

「もちろん、行くわ……あの、どうかミリセントって、呼んでくださらない？」

「あらそうね、私もアガーテ、でいいわ。私たち、もうお友だちですものね」

ミリセントは、生まれて初めての友だちに、感動で胸がいっぱいになる。

この国に来るまでは、諦めと無気力だけを抱えて生きてきた。

恋も友情も夢も希望も、すべて自分には縁のないものだと思っていた。

それなのに、この国に嫁いできてから、ミリセントの人生は大きく変わっていくようだ。

「生きていることは素晴らしい、とあなたに教えたい」

そう言ってくれたジルベスターの言葉は、心の奥にしっかりと根付いていた。

夕方、身支度を整えてジルベスターを待つ。

晩餐を一緒にと言われていたので、食堂に二人分の食事を準備させてある。

「ねえフリーダ、このドレス、少し派手かしら？　おかしくない？　髪型は？　アクセサリーは似合っている？」

ミリセントはそわそわしながら、何度も鏡を覗き込んだ。

「とてもお綺麗ですよ、姫君。だいじょうぶ、陛下もきっとお気に召しますから」

フリーダは微笑ましそうにミリセントをなだめていたが、ふいにエプロンで顔を覆って嗚咽を噛《か》み殺《ころ》した。

「ああ――私は、こんなに楽しそうで生き生きしている姫君を初めて見ました。もう胸がいっぱいで……」

ミリセントは肩を震わせているフリーダの背中をそっと撫でた。

「泣かないで、フリーダ。いつも心配させてごめんなさいね」

生まれた時から悪《あ》しき運命を背負ったミリセントを、我が娘のように育て守ってくれたフリーダの涙に、ミリセントは胸に迫るものがあった。

今までずっと、我が身の不幸ばかりを嘆いていたが、身近に我が事のように自分のことを思ってくれる人がいるのだと、やっと気がついた。

こんな優しい気持ちになれたのは、やはりジルベスターに出会ったせいなのかもしれない。

しかし、その晩。

食堂で待てど暮らせど、ジルベスターは姿を現さなかった。

ミリセントはじっとテーブルの前で、待ち続けた。

侍女の一人が、遠慮がちに先に食事をしてはと勧めたが、ミリセントを首を横に振った。

「いいえ、陛下をお待ちします」

夜半になって、フリーダがあたふたと食堂に入ってきた。

「姫君、今陛下のお使いのものが来まして、会議が長引いているので、先にお食事を済ませておくように、とのことです」

「ああ、そう……なの」

ひどくがっかりしてしまう。

一国を担っている皇帝陛下は多忙に違いない。

後宮の数多いる女性の一人に過ぎないミリセントにばかり、心を砕くことはできるはずもない。

そんなことはわかっていた。

頭では理解しても、心はしゅんとしてしまう。

おしゃれをして、美味しそうなご馳走を用意して待っていた高揚感が、ぺちゃんこになってしまった。

「食事はいいです。私はもう、休みます」

小さい声で侍女たちに告げ、そそくさと寝室に引き上げた。

どさりとベッドにうつ伏せに倒れ、ささくれた気持ちをなんとかなだめようとする。

(おばかさんなミリセント。ちょっとジルベスター様に優しくされたからって、いい気になって……浮かれて。私ったら、ジルベスター様を独り占めにした気になっていたんだわ)

目に涙が溢れてくる。

これが恋をするということか。

夢みたいに楽しい気持ちと背中合わせの、やるせなくせつない感情。

会いたくて会いたくて、待ち焦がれて――。

待つ間の時間はあんなにも期待に満ちて甘いのに、会えなくなった時の失望感は胸を錐《きり》で突き刺されたみたいに苦しい。

と、こつんこつんと寝室の扉を叩くものがいる。

「誰?」

ジルベスターではないようだ。起き上がって恐る恐る扉を開けると、そこには大きな黒いシェパード犬がいた。

「パル⁉」

思わず、昔飼っていた愛犬の名を呼んでしまう。それほど、よく似ていたのだ。

犬はくーんと鼻を鳴らし、とことこと寝室に入ってきた。

「まあ、お前、どこから来たの？　迷い犬なの？」

ミリセントがそっと手を差し出すと、犬は大きな舌でぺろりと掌《てのひら》を舐めた。

「ふふ、くすぐったい」

犬が大好きなミリセントは、その見知らぬ犬に心奪われてしまう。

犬は我が物顔で寝室の中を歩き回ると、最後にひょいとベッドに上がって長々と寝そべった。

「あ、いけないわ。そこは、陛下のお休みになるベッド――」

叱ろうとして、ふと今夜はもうジルベスターは来ないだろうと寂しく思う。

ミリセントは自分もベッドに上がり、犬のそばに腹ばいになった。

犬の首筋に顔を埋めると、独特の犬の香りがして、パルのことを思い出す。

「ふふ、いいわ。一緒に寝ましょうか」

ミリセントが首を優しく抱くと、犬は嬉しげにぺろぺろと顔を舐めてくる。

「うふふ」

ひとしきり犬と戯れているうちに、うとうとしてしまった。


会議はいつにも増して、紛糾した。

今の貴族議会は、皇帝を推す新進派と、前皇帝から宰相を務めるゴッデル侯爵が中心の保守派で二分されている。

特に宰相であるゴッデルは、病がちだった前皇帝の代わりに政治を仕切っていたこともあり、ジルベスターの代になっても政事を自分の思うように動かしたがる。

旧態依然とした今の皇室と政府を改革したいジルベスターにとっては、保守派の権力を握っている宰相ゴッデルは目の上のたんこぶと言える。

さらに言えば、彼は後宮の前第一妃、第二妃とも結託している。

歴代、後宮には莫大《ばくだい》な公費が注ぎ込まれていた。そのため、後宮を支配することは、その予算をほしいままにできるということだ。

後宮という存在自体を解体したいと考えているジルベスターにとって、彼らの存在はやっかいであった。

今回の会議も、新しい部署を政府に作り若い官僚を登用したいというジルベスターの提案に、真っ向から宰相ゴッデルが噛《か》み付く形となった。

宰相ゴッデルは、議事堂の席から立ち上がり、恰幅のよい腹を揺するようにして言い募る。

「陛下自身がお若いゆえ、若い者の意見を取り入れたいお気持ちはわかりますが、政治は経験が重要です。政治の右も左もわからぬ、クチバシの黄色いひよっこどもに、これまで築いてきた政治のありようを乱されたくないですな」

同意する声が、あちこちから上がる。もちろん、宰相ゴッデルの息のかかった議員たちだ。一段高い皇帝用の席に座っていたジルベスターは、声を荒げる。

「クチバシの黄色いひよっこには、私も含まれるということか？　不敬であろう！」

ジルベスターの朗々としてよく通る声に、普通の者なら恐れおののいてしまうところだが、老獪《ろうかい》な宰相ゴッデルが微動だにしない。彼は茶化《ちゃか》すように軽く肩を竦めた。

「いえいえ、陛下。それは考えすぎというものです。これはあくまで一般論。それとも、陛下にもどこかお心あたりでもございますか？」

ジルベスターはかっと頭に血が上りそうになったが、あやういところで気持ちを抑えた。これが宰相ゴッデルのやり口だからだ。相手の平常心を乱し、自分のペースに引き込むのだ。

「私は、年月だけが経験値をあげるものではないと思っている。いたずらに年を取り、何の徳も積まぬ者のなんと多いことか」

落ち着いた口調で言い返す。

今度は宰相ゴッデルが、目元を赤らめた。

それまで二人のやりとりを見守っていた議長が、すかさず口を挟んだ。

「――陛下、もはや延長時間もとうに過ぎております。今日の議会は一旦閉会にいたしましょう」

ジルベスターは傍らの事務官に尋ねた。

「今、なんどきだ？」

事務官が懐中時計を取り出した。

「陛下、もはや零時を過ぎようとしておりまする」

ジルベスターはハッとする。

彼は素早く立ち上がった。

「よろしい、閉会だ。明日も同じ時刻より、貴族議会を開会する。以上！」

そう言い置くと、マントの裾を翻し、席を立った。

ジルベスターは専用の扉から議事堂を出ると、皇室専用の廊下を大股で歩きながら、背後から付き従った秘書官と護衛兵に振り向かずに声をかけた。

「後宮に行く。お前たちは後宮の入り口で待機せよ」

「承知」

ジルベスターはさらに足を急がせる。

ミリセントのことが気がかりだった。

せっかく晩餐の約束をしたのに、時間に間に合わなかった。

遅れても出向くつもりだったが、もはや夜半過ぎだ。

ミリセントはとっくに休んでしまったろう。

ひとりで寂しく晩餐をとったのだろう。

ゆったりと食事をして、ミリセントとの気持ちの距離を縮めたかったのに。

ひどくがっかりしている自分に気づき、ジルベスターはおや、と思う。

どうしてあの娘に、こんなに気持ちが惹かれるのだろう。

不治の病に冒されて、長く生きられないという儚げな美しい娘。

可哀想だという同情心だと思っていた。

彼女のたっての願いに応じて、閨《ねや》を共にした。

自分の信条を曲げてまでミリセントを抱いたのは、彼女の夢を叶えてやりたいという寛容な気持ちからだと思っていた。

だが――。

こうして後宮へ向かうにつれ、胸が熱くなる。

身体中の血が滾《たぎ》り、一刻も早くミリセントの顔を見たい彼女に触れたい、と気持ちが急《せ》く。

どうしたのだろう。

性欲に囚われてしまったのか？

確かに、ミリセントとの一夜は夢のように甘美で素晴らしいものだった。

いくら抱いても抱き足りないほど、ミリセントを渇望した。

だが、今胸に渦巻く激しい感情は、それともまた違う気がした。

ジルベスターは自分の気持ちがよく理解できず、後宮の入り口に辿り着くと、一旦足を止め、深呼吸を繰り返す。

「落ち着け、落ち着くのだ」

ずっと昔、いついかなる時でも冷静沈着に自分の意思を押し通すのだと、強く心に誓ったはずだ。小娘ひとりに、乱されるようなやわな精神ではない。

ジルベスターは顎を引き、気を引き締めて後宮に入っていった。

侍女たちに尋ねると、ミリセントは早々に休んでしまったらしい。

寝てしまっては仕方ない。

せめて寝顔を見ていこうと、寝室に向かう。

起こさないよう、ノックせずに扉を開ける。

ベッドの脇の小卓の上のオイルランプだけが、ぼんやり寝室を照らしている。

足音を忍ばせてベッドに近づく。

ベッドに長々と横たわっていた大きな犬が、顔を上げた。

ジルベスターはハッと息を呑んだ。

「ゼーダではないか。なぜ、寝室に入り込んだのだ?」

ゼーダは嗜めるように小さく鼻を鳴らす。

ミリセントがゼーダにしっかりと抱きつき、犬の首筋に顔を埋めてすやすやと眠りこけていたのだ。

ゼーダは子犬の時からジルベスターが育て、彼に以外には決してなつかなかった。

軍用犬としての訓練もしてあり、成人男性でもひと噛みで命を奪えるほど凶暴な犬だ。皇城の者たちはゼーダを恐れ誰一人、近づこうとしない。そのため、ゼーダは最強のジルベスターの護衛役でもあった。

そのゼーダを、まるでぬいぐるみでも抱くかのようにして、安らかに眠りこけているミリセントを、ジルベスターはぽかんとして見つめていた。

ふいに彼は、くすくす笑いが込み上げてきた。

「これは——なんと不思議な姫君だ。この城最強の猛犬を、いともたやすく手なずけてしまったのか」

ジルベスターはゼーダに声をかける。

「ゼーダ。お前、この娘を気に入ったのかい？」

ゼーダは物言いたげな表情で鼻を鳴らした。

ジルベスターはベッドに近づくと、身をかがめてミリセントのすべすべした頬に唇を押し付けた。

「……ん」

ミリセントがぴくりとして、ゆるゆると瞼を開ける。

まだ焦点の合わないアメジスト色の瞳は、夢見るように潤んでいてひどく蠱惑的《こわくてき》で、ジルベスターの心をきゅっと掴む。

「……あ、ジルベスター様……」

ミリセントは目をぱちぱちさせた。その仕草が愛らしくて、ジルベスターは目が離せない。

「起こしてしまったな――すまない」

「いいえ、いいえ――こんな時間まで、お務めは大変でしたでしょう」

ミリセントはゆっくりと身を起こし、小さな拳で両目をこしこしと擦った。そんな何気ない動作にも、震えがくるほど可愛らしくて、ジルベスターは身体の芯が熱くなるのを感じる。

「晩餐の約束をしたのに、それも果たせず、許してくれ」

そっと指先でミリセントの頬を撫でる。

「ゼーダ――この犬はどうしたのだ？」

ミリセントはゼーダの大きな頭を撫でながら、微笑む。

「可愛いでしょう？　迷い犬みたいで、お部屋に入ってきたんです。私たち、すっかり仲良しになりました」

ゼーダはぐいぐいと頭を押し付け、まるで子犬みたいにミリセントに甘えている。

「ゼーダは私の犬でな、他の人間には指一本触れさせないのだが」

ミリセントは目を見開く。

「まあ、ジルベスター様の犬だったんですか。それで、堂々とお部屋に入ってきたんですね」

「あなたより体重のありそうなこの犬を、怖くはないのか？」

「え？　ちっとも。私も昔、大きな犬を飼っていたことがあるんです。先年、老衰で死んでしまったけれど、大事な私の友だちでした」

「そうか。あなたの優しい心根が、ゼーダにもわかるようだな」

ミリセントは恥ずかしそうにぽっと頬を染めた。

ジルベスターはかあっと全身の血が滾るのを感じる。

「ミリセント——小さな可愛い乙女」

ジルベスターは両手でミリセントの小作りな顔を包み込み、そっと口づけした。

柔らかな小さい唇はとても甘くて、ジルベスターはこの娘が欲しくて欲しくてたまらなくなる。


「あ、ジルベスター様……」

ちゅっちゅっと、繰り返し口づけを受けているうちに、体温がみるみる上昇して、目覚めたばかりなのに夢見心地になっていく。

「ミリセント、ミリセント。あなたが、欲しい。今すぐ欲しい」

ジルベスターの低い声に切羽詰まったような響きがある。

ミリセントは狼狽える。

「あ、あの……私、うたた寝していて、まだ湯浴みもしていないので……」

「かまわない」

ジルベスターは片手でミリセントの背中を抱き、片手でもどかしげに自分の上着を脱ぎ捨てた。シャツとトラウザーズ一枚になったジルベスターは、そのままベッドに上がってくる。

ゼーダというジルベスターの愛犬は、心得たようにさっとベッドを飛び降り、床に伏せの姿勢になった。

「あ、待って……あの……」

「待たない」

ジルベスターはミリセントの胴衣の前ボタンを次々外していく。

あっという間に胴衣が外され、コルセットの紐《ひも》も解かれ、嵩張《かさば》るスカートも取り払われてしまう。絹のシュミーズ一枚にされてしまった。

昨夜の余裕に満ちた大人びた態度とは随分違い、性急に求めてくるジルベスターに、ミリセントは戸惑いを隠せない。

「あ……」

薄い布地から乳房や薄い下生えに覆われた下腹部が透けてしまい、ミリセントは恥ずかしさに思わず両手で胸元を覆い隠した。

「隠さないで、よく見せて、ミリセント」

ジルベスターが両手でそっとミリセントの手を左右に引《ひ》き剥《は》がす。

「や……見ないで……」

恥ずかしくて耳の奥で脈動のドキドキが大きく響く。

「美しい――こうして見ているだけで、赤く色づいた乳首がだんだん尖ってくる」

そんないやらしいことを言わないでほしい。

緊張して、なぜか余計に乳首がツンと硬く凝ってしまう。

「美味しそうだ」

ジルベスターは口の中で呟《つぶや》くや否や、薄い布地ごと乳首を咥《くわ》え込んできた。

「ひあっ」

ぞくっと震えがくるほど心地よく痺れてしまい、思わず淫らな悲鳴を上げてしまう。

舌先で乳首を転がされる濡れた感触が艶かしくて、ひどく敏感になっている。

「やめて……舐めないで、あっ」

くっと前歯を当てられ、甘い痛みに仰け反ってしまう。

「や……だめです、そこ、噛まないで……っ、あっ、あ」

こりこりと鋭敏な乳首を甘噛みされると、耐え難い疼きが下腹部に繰り返し走り、びくびくと腰が浮いた。

恥ずかしいのにもっとして欲しいような浅ましい欲求が生まれ、自分のはしたなさに顔が真っ赤に染まってしまう。

ジルベスターの与える官能の刺激は、まるで甘い毒みたいにミリセントの身体を冒していくようだ。

「昨日よりずっと感じやすくなっている――素直で淫らな身体だね」

乳首を嬲《なぶ》りながら、ジルベスターが上目遣いで見上げてくる。

美麗なのにひどく刺激的なそそる表情で、ますます身体が熱くなってくる。

「は、ぁ、だめ、もう、そんなにしないで……」

弱々しく首を振るが、声は甘えるみたいに媚を含んでいる。

「だめだ。あなたが欲望に屈服するまで、身体中を舐めてあげる」

「え、え？　身体中……？」

意味がわからないでおろおろしていると、背中を抱えられて仰向けにゆっくりとシーツの上に倒された。

そして最後の一枚のシュミーズまで、剥《は》ぎ取《と》られ、一糸まとわぬ姿にされてしまった。

「あ、あ」

見下ろしてくるジルベスターの表情が、酒に酔ったみたいにうっとりとしている。

「本当に透けるような肌だ。色素が抜けてしまったみたいに透明だ。その黒髪が、いっそう映える」

ジルベスターの言葉に、ミリセントはどきりとした。

ほんとうは、この髪は染めているのだ。心臓に巣くっている寄生虫のためか、幼い頃から全身の色素が抜けてしまっている。髪の毛も、子どもの頃から老婆のように真っ白だ。

異形の容姿を父王が毛嫌いし、髪を染めることを命じられている。

ここに嫁ぐときも、念入りに染料で染めてきた。恥ずかしかったが、恥毛も染めたのだ。

白髪の姫君では不気味がられるだろうという配慮だ。

すべて、ジルベスターに気に入られるためだった。

でも、誠実な彼の人柄に触れると、病気を隠していたことも白髪を染めていることも、ひどく後ろめたい行為だった。

ジルベスターは、ミリセントの心中などおかまいなく、両手をミリセントの両脇に囲うみたいにつくと、身をかがめて首筋に顔を埋めてきた。

首筋に、ちりっと灼けたような軽い痛みが走った。ジルベスターが首筋を強く吸い上げたのだ。

「ほら、真っ白な肌に私の赤い刻印が押された」

耳元で熱い吐息とともに、低い声でささやかれる。

何をされたのかわからないまま、耳朶の後ろをねろりと舐め上げられ、ぞくぞく甘く震えてしまった。

「あ、ああん、や、だめ、耳は……っ」

「弱いのだろう？　わかっている、あなたの感じやすい箇所を、これからもっと探してあげるから」

ジルベスターはねっとりと耳朶の後ろから首筋にかけて何度も舐め下ろし、舐め上げてきた。

「はぁ、あ、やぁ、だめ、舐めちゃ……あぁ、あ、ん」

それだけで子宮のあたりが猥りがましくざわめき、どうしようもない恥ずかしい欲求が膨れ上がってくる。

和毛《にこげ》に覆われたあらぬ部分がきゅうっと締まり、膣奥からとろりと淫らな液が溢れてくるのがわかった。

「可愛い声で啼く。この声が私を煽ってくるんだ――もう止まらぬ」

ジルベスターは、まるでミリセントのせいだと言わんばかりだ。

彼はじりじりと舌を下ろしていき、ミリセントの細い肩からくっきりとした鎖骨、そしてまろやかな乳房へと移動する。

「この可愛らしい蕾が、たまらなくそそる」

ジルベスターは慎ましい乳輪の形に沿って舌を這わし、それから熱い口腔に乳首を吸い込む。

「ああ、く、あん、あぁっ」

ジルベスターの舌の動きに耐えようとするが、優しく舐め回され、時に強く吸い上げられ、じんじん疼くそこをまた優しく舐め回され、感じ入って腰がびくびく跳ねてしまうのを止められない。

「や、あぁ、だめ、お願いです、それ以上、だめ……」

ミリセントは息も絶え絶えに訴える。

乳首を刺激されるたびに、下腹部に溜まっていく疼きと官能の飢えがどうしようもなく膨れ上がり、何かの限界を超えてしまいそうになる。

「ん？　乳首だけで達ってしまいそうか？」

ジルベスターが揶揄《からか》うような声を出す。

普段はあんなに落ち着いて優しいのに、閨でのジルベスターは少しだけ意地悪で、それがまた悪魔的な魅力なのだ。

ミリセントは恥辱で涙目になって、首をふるふる振る。

「わ、わかりません……でも、でも、おかしくなって、変な声が出てしまって……恥ずかしい」

「それでいいんだ、ミリセント。好きなだけ声を出して。あなたが感じている声が、とても聞きたいのだ」

そう言うや否や、ジルベスターはこりこりと前歯で乳首の先端を扱《しご》いた。

びりびりと雷にでも打たれたような鋭い喜悦が臍《へそ》の奥に走った。

「ひああっ、あ、や、あ、だめ、あ、ああっ」

媚肉がきゅんきゅん収縮し、つーんと痺れる快感が背骨から頭の先に抜けた。

「あーっ……ぁ、あぁぁ、あ……っ」

ミリセントは全身を強張らせ、息を詰める。

爪先がぴーんと引き攣った。

乳首の刺激だけで達してしまったのだ。

「……はぁ、は、ぁ、はぁあ……」

頭の中が快感でぼうっとして、浅い呼吸を繰り返すのがやっとだった。

「なんと、感じやすい——乳首だけで極めたのか？」

ジルベスターが胸の谷間から顔を上げ、快楽に酩酊したミリセントの表情を凝視する。

「や……恥ずかしい……見ないでください……こんな顔……」

どれほどいやらしい表情をしているだろうと思うと、穴があったら入りたい。

「いやじっくりと見させろ。あなたのイキ顔を堪能したい」

ジルベスターは容赦ない声を出す。

ミリセントはいたたまれず、目をぎゅっと瞑って視線に耐える。

ジルベスターはすぐに愛撫《あいぶ》を再開した。

濡れた舌がゆっくり腹部へ下りてきて、なだらかな下腹の曲線をなぞってくる。擽ったくて逃れたいのに、なぜか官能の欲望を刺激されて、くねくねと身を捩ってしまう
「ぁ、や、やめ……て、ぁ、あ、あっ？」

ふいに臍の周囲を舐めまわされ、ぞくんと背中が震え腰が大きく跳ねた。

「ん、あ、や、おへそなんか……っ」

身悶えしてかわそうとしたが、ジルベスターは臍の穴にまで舌を押入れ、ぬるぬると掻き回してきた。

「く、ふぁん、や、だめ、うそ……そんなとこ……っ」

身体の芯まで蕩けそうなほど感じてしまい、ミリセントは甘い悲鳴を上げた。

「可愛いな。この小さな穴が悦いのか？　存分に舐めてやろう」

ミリセントの新たな性感帯を発見したジルベスターは、蠢《うごめ》く舌先で臍の穴を抉ったり、周囲を円を描くようにねっとりと舐め回したりする。

臍を嬲りながら、両手で凝りきった乳首を揉みほぐすような愛撫も繰り返す。

「や、やぁ、だめ、はあ、あ、だめ、だめなの、だめぇ……っ」

ミリセントは腰をびくんびくんと跳ね上げ、襲ってくる苦痛なほどの快感の疼きに耐えようとした。

しかし、官能の悦びを覚えたばかりの無防備な身体は、ひとたまりもなかった。

子宮に直に響くような痺れに、なすすべもなく身を震わせ、甘い啜《すす》り泣《な》きを漏らす。

太腿の狭間からとろとろと愛蜜が溢れ、甘酸っぱい雌の匂いがぷんと立ち上る。

「やめてぇ……あぁ、やだぁ、やめて……こんなのぉ……」

ぽろぽろと目尻から随喜の涙を零し、ミリセントはしなやかな白い身体を波打たせた。

気持ちよいのに、下腹部の奥の飢えはますます膨れ上がり、苦痛なほどになる。

「──私の手や舌で、あなたがこんなにも悩ましく乱れるなんて。たまらないな」

ジルベスターが感に堪えないといった声を出す。

舌の動きが止まったので、ミリセントはほっとして身体の力を抜いた。

しかし、ジルベスターの手が綴じ合せていた両膝にかけられたので、ぎくりとして腰を引こうとした。

「あ……だめ、今、そこ……」

両手で思わず下腹部を覆い隠そうとしたが、強引に膝を開かされてしまう。

「ここが、どうした？」

ジルベスターはミリセントの透き通るような太腿を抱え上げ、その間に顔を押し込む。

「きゃあっ、あ、見ないで……っ」

どろどろに蕩けているであろう秘所が、ジルベスターに丸見えになる。

「もうぐっしょりだな」

ジルベスターの視線が割れ目に刺さるようで、ミリセントは恥ずかしさで気を失いそうになる。

「お願い、見ないで恥ずかしい……」

「いや、よく見たい。昨日私を受け入れたばかりの、私しか知らない秘密の花園だ」

「う……ぅう……ぁ」

羞恥で頭が煮え立ちそうなのに、暴かれた秘裂はさらにとろりと淫らな蜜を垂れ流し、媚肉が誘うみたいにひくついてしまう。

「少し腫れているか——でも、美しいな。瑞々《みずみず》しい睡蓮の花のようだ。でも、この香りはとてもいやらしいね、男を誘う禁断の香りだ」

「言わないで……意地悪しないで……」

ジルベスターがくすっと笑う。

「意地悪しないで、早く触れてほしい？」

「や、違いますっ、そんなの……あっ？　ああっん」

ふいに男の指先が、熱く濡れそぼった割れ目をつつーっとなぞった。

「ゃあぁあっ、あ、っ——」

焦らされて疼き上がった媚肉に触れられ、擽ったいようなもどかしい甘い痺れに、腰がびくんと浮く。

「ああちょっと触れただけなのに、あなたの蜜が糸を引く。ごらん」

ジルベスターが目の前に濡れた指をかざしてくる。

節くれだった男らしい指先から、ねっとりとした愛蜜が滴って、この上なく卑猥な光景だ。

自分の内側から、こんなにもはしたないものが溢れてくるなんて、信じられない。

「どれが感じたのだ？　耳朶か？　乳首か？　臍か？　もっと触れてほしいだろう？」

ジルベスターが追い詰めるみたいに言い募ってくる。

「いやいや、もう、言わないで、もう触らないで……」

これ以上乱れたくない。

弱々しく首を振る。

「あなたのいやは、いい、の言い間違いだろう？　認めさせてあげよう」

ジルベスターはさらにミリセントの両足を押し広げた。

そして大きく開いた股間に、顔を埋めてきた。

「ひっ？　あ？　な、に？」

ぬるりとジルベスターの舌が、綻んだ花弁を舐め上げてきたのだ。

「やめ……そんなとこ……あっ、だめぇ」

ジルベスターはそのまま潤みきった蜜口を、くちゅくちゅと舌で掻き回してきた。

信じられない行為に頭がくらくらする。

恥ずかしさで意識が遠のくのに、それを凌駕する熱い快感が迫り上がってきて、腰が求めるみたいに前に突き出してしまう。

「だめ、汚いです……あぁ、だめって……」

ジルベスターがわずかに顔を上げ、濡れた口元を舌でいやらしく舐める。

「なにも汚くない、あなたのここ、あふれる蜜が美味で、もっともっと味わわせてくれ」

再び秘裂を舐めしゃぶられる。

じゅるりと愛蜜を啜《すす》り上げる音があまりに淫猥で、ミリセントは恥辱で気が遠くなりかける。

「お願い……もう、しないで……」

か細い両手で股間に埋められたジルベスターの頭を押しのけようとした。

その刹那、ジルベスターはびくつく花弁の上に佇む小さな花芽をちゅっと咥え込んだ。

「――っっひ――っ」

目も眩《くら》むような痺れる愉悦がそこから背中を走り抜け、ミリセントは声も上げることができず、目を見開いて背中を弓なりに仰け反らせた。

ジルベスターは口腔に吸い込んだ秘玉を、舌先でころころと転がし、唇で挟んでは扱くように嬲ってくる。

あまりに強い刺激に、一気に絶頂に達してしまう。

「あ、あぁあっ、や、あぁ、も、あ、達ったの、あぁ、もうだめ、だめぇ……っ」

やっと声が出たものの、自分の声とも思えぬほど甲高く艶かしい嬌声に、我が耳を疑う。

ジルベスターはぬちゅぬちゅぬちゅと愛液を弾《はじ》かせながら、舌先で花芽の包皮を剥いて陰核の芯を剥き出しにし、そこをちゅうっと強く吸い上げてきた。

痺れる。

指で触れられた時より、何倍も鋭くて強い愉悦。

突き抜ける快感だ。

繰り返し襲ってくる絶頂の波。

頭が真っ白になる。

我を忘れてしまいそうなほどの喜悦だ。

「く……ぅ、や……う、く……ぅ」

自分を見失いそうな快感に、目を強く瞑り歯を食いしばって耐えようとした。

だが、ジルベスタの舌が、とろとろに蕩けた媚肉ごと花芽を咥え込み、繰り返し吸い上げてくると、身体中に毒のように強い愉悦が広がり、耐えきれない。

「んっ、んぅ、あ、だめ、そこ、だめ、もうしないで、あ、おかしく……あぁ、許して……っ、は、はぁあっ」

腰が快感でがくがく震え、強請《ねだ》るような媚《こ》びるような嬌声が止められない。

下肢からすっかり力が抜けてしまい、両足は誘うように自ら大きく開いてしまう。

「やめ……て、あ、だめ、あ、ぁあ、もう、もう、これ以上……っ」

もう何も考えられず、ただ気持ちいいとしか感じられない。

身体がふわふわどこかに浮いていきそうな愉悦の中、爪先だけが力が籠り、シーツの上で足《あ》掻《が》く。

白い肌が感じ入ってほんのり桃色に染まり、しっとりと汗ばんでくる。

「ああ、この可愛らしい雌芯が、いやらしくぷっくり充血してきた。ぱんぱんに膨らんで、もっと舐めてほしいと言っているよ」

ジルベスターがミリセントの甘露に酔《よ》い痴《し》れたような声を出す。

「いや……違……う、そんなの……あ、ぁあん……」

口では拒んだものの、いやらしい言葉を投げかけられただけで、じんじん疼く鋭敏な肉豆がきゅっと膨れるのがわかる。

もう触れてほしくないほど感じているのに、もっと刺激を求めている。

自分の身体は、なんていやらしいのだろう。

「ひどい……こんなにして……ジルベスター様は、ひどい……」

羞恥に啜り泣くと、ジルベスターはふっと軽く息を吐いた。

「感じすぎて泣いてしまうあなたは、なんて愛らしいのだろう。上も下も涙を流して、どうしようもなく可愛い。もっともっと、乱したい」

ジルベスターは再び舌を媚肉の狭間に差し入れ、濡れ果てた陰唇から隘路の奥まで舐《ねぶ》ってくる。

「んんぅ、ん、ん、は、はぁあっ……ぁ」

陰核の刺激で熟れきった媚肉は、嬉しげに舌の刺激を受け入れ、心地よく感じてしまう。

けれど、舌ではもう足りない。

膣壁がうずうず焦れて、もっと太くて硬いもので満たし、擦って欲しいとうごめく。

そう、昨日の晩のように、ジルベスターの熱く滾った屹立を欲して止まない。

でも、そんな恥ずかしい欲求を口にすることはできない。

ジルベスターの舌と口腔が与える刺激に、腰を浮かせて身悶えた。

「あ、あぁ、あ、はぁ、あ、も……っ……」

思わず「もっとしてほしい」と、口走りそうになり、必死に唇を結んだ。

「なんだ？　もっと欲しいのか？」

敏感にミリセントの反応を感じたのか、ジルベスターが顔を上げ、指で蜜口の浅瀬をぐちゅぬちゅと掻き回してきた。

「んぁ、あ、や……ち、がいます……っ」

ミリセントは赤い唇を震わせ、与えられる快感をやり過ごそうと腰をくねらせる。けれど、その仕草はまるで、妖しく相手を誘っているようにしか見えない。

「いいんだよ、ミリセント、あなたが気持ちよく感じて、私をもっと求めてくれたら、至上の悦びだ」

ジルベスターの中指が熱く熟れた肉襞をぷちゅりと割って、狭い膣腔をまさぐってきた。

「あ、あ、指……あ、だめ、動かしちゃ……ぁ」

ぐにぐにと内壁を掻き回されると、濡れ襞が嬉しげにジルベスターの指に絡んでしまう。

「ふ——あなたのここ、私の指を喰んで離さぬ、さらに奥へ引き込もうとする」

ジルベスターは骨ばった男らしい指で、膣襞の感触を確かめるように、ゆるゆると手を動かす。

「はあ、あ、ぁん、あぁ、あぁあん」

疼く箇所を擦られるとひどく満たされた気持ちになり、もっとしてほしくなる。

「ああまた蜜が溢れてきた。あなたの感じる部分を存分に擦ってあげようね」

ジルベスターはうねる内壁をまさぐり、ミリセントの反応をじっと観察しているようだ。

「やめ……ぁ、あ、あ、は……あ？　ああ？　あぁっ？」

長い指が、臍のすぐ裏側あたりのふっくらした肉厚の部分を押し上げた時だ。

今まで感じたことのない、深く重苦しいような快感がぐぐっと襲ってきた。

「はああ、あ、そこ、あ、なんだか、あ、へんに……あ、だめ、だめです」

たまらない喜悦に襲われ、腰が勝手に催促するように揺らめいてしまう。

「あぁここか？　ここが感じるか？　そら、もっと触ってあげよう」

ジルベスターはミリセントの一番感じやすい箇所を探り当て、そこばかりを攻めてくる。

「やめ、あ、だめ、そんなにしちゃ……あ、だめ、だめ、そこ……っ」

その部分を押し上げられると、せつないくらいに感じ入ってしまう。

激しい尿意を耐えるみたいな感覚が襲ってきて、じーんと深く痺れてくる。

「ここが悦いのだね、ミリセント、ほら、感じる？」

ジルベスターはぐいぐいと指でそこを突き上げてくる。

「だめ、だめ、そこはだめ、なにかが……っ」

溢れてくる。

せつなくて気持ちよくて、耐えきれない。

「ああぎゅっと締まってきた。凄《すご》い反応だ、ミリセント、ミリセント」

ジルベスターはじゅぶじゅぶと指の抜き差しを強くしてきた。

「だめ、だめ、あ、私……私……おかしくなって、あ、どうして……っ」

ミリセントは白い喉を仰け反らし、唇から赤い舌を覗かせてひぃひぃと喘いだ。

おかしくなる。

どこか深いところから熱い源泉が破れて、どっと熱湯が溢れてくるよう。

逃れたくても、もう四肢に力が入らない。

「私、もう、ジルベスター様、私……だめ、だめに……っ」

内腿《うちもも》がぶるぶる痙攣する。

「何か漏れてしまう？」

ジルベスターが息を乱して尋ねる。

「ん、ん、んんぅ」

ミリセントはこくこくと頷《うなず》いた。

もしかしたら、粗相をしてしまうかもしれない。そんなこと、ましてや皇帝陛下の面前で、取り返しがつかない行為だ。

「やめて……もう、もう、だめ、出ちゃう、なにか、出ちゃうっ……」

半泣きで訴えたが、ジルベスターの指の動きは止まらなかった。

「いいんだよ、ミリセント。漏らしてもかまわない。このまま達《い》ってしまうんだ」

「そんな……いやいや、達きたくない……っ、ぁ、ああっ」

ミリセントはシーツをぎゅっと強く掴み、決壊に耐えようとした。

だが頭の中で快楽の花火が大きく弾け、何もかもわからなくなる。

「いやいや、ああ、いやぁ、ああ、だめ、あぁ、出ちゃう……っ、だめぇえええぇっ」

ミリセントは甲高い嬌声を上げ、激しく達してしまう。

同時に、隘路から熱い大量のさらさらした液がどうっと吹き出した。

シーツがびしょびしょに濡れる。

「やあ、あ、あ……ぁ、あ……ぁあ……」

意識が快感で混濁し、ミリセントはぐったりとしながら無意識にびくびくと媚肉を収斂させた。

「素晴らしい——初めて潮を吹いたね。こんなにも素直で感じやすいあなたは、なんて愛おしいのだろうね」

ゆっくりと指を引き抜いたジルベスターは、躊躇《ためら》いもなく愛潮にまみれた花弁に唇を押し付けてきた。

そして溢れる愛潮と愛液をじゅるりと音を立てて吸い上げ、再び口腔開始する。

「あっ、だめです、汚い……っ」

まだ呼吸も整わないミリセントは、真っ赤に腫れた花心を咥え込まれ、びくんと全身を慄かせる。

「言ったろう？　あなたの身体で、汚いところなどひとつもない。さあ、もっともっと、私にあなたの身体の秘密を暴かせておくれ」

ジルベスターはひりひり灼けた秘玉を舌で転がしたり、唇で挟んだりしながら、とろとろに蕩けた肉襞のあわいに指を押し込んでくる。

「や、もう……っ」

また漏らしてしまう恐怖に、ミリセントはびくりと腰を浮かしたが、ジルベスターの指は先ほどの箇所は素通りし、隘路のさらに奥へ忍び込んできた。

ぬくりと指の根元まで突き入れられ、子宮口の手前あたりをまさぐられると、下肢がじんわりと甘く痺れ重苦しい快感が迫り上がってきた。

「んあっ、あ、ぁ」

たった今、これ以上はもう無理だというほど感じ入ったというのに、なぜこうも浅ましく快楽を拾い上げてしまうのだろう。

「……はぁ、あ、だめ、あぁ、もう、だめ、なのにぃ……」

弱々しく首を振り腰を揺らしても、ジルベスターは許してくれない。

痛みを感じるほど尖りきった花芽を唇をすぼめて吸い込み、濡れた舌先で撫で回す。一方で、長い指は隘路の奥を擽り深い悦楽を抉《えぐ》り出《だ》す。

「あぁ、あ、や……あぁ、だめ、また、あぁ、また……っ」

蜜壺がきゅうきゅう収縮し、目の前が快楽で真っ白に染まっていく。

「んんーっ、ん、んんぅっ」

あっという間に達してしまい、もうこれ以上の媚悦は耐えきれないと思うのに、いくらやめてと懇願しても、ジルベスターは許してくれない。

さんざん舌と指で達してしまい、もう声も枯れ果て、拒む気力も無くなり、ただただジルベスターが与える淫らな愛欲に溺れ果ててしまう。

「……はぁ、あ、ぁ……はぁ、はあ……ぁ」

ミリセントは感じすぎて、流した涙で顔がぐちゃぐちゃになってしまい、それを恥ずかしがる余裕も無くなっていた。

ぐったりとなすがままになったミリセントを慈しむような顔で見つめながら、ジルベスターがゆっくりと身体を起こす。

ようよう指と舌から解放されたと思ったが、細腰を抱えてくるりと裏返しにされてしまう。

「あ……」

「なんて綺麗な背中だろう。真っ白でシミひとつない。極上のヴァイオリンみたいに、完璧な曲線を描いている。あなたは生きる芸術品のようだ」

ジルベスターがしみじみとつぶやくので、気恥ずかしい。

だけど同時に、純粋に嬉しくて心が弾む。

これまで、手放しで賛美されたことなどない。

忌まわしい運命を背負った末の姫。

生きている甲斐《かい》のない役立たずの王女。

ただ死ぬのを待つだけの哀れな乙女。

ああでも――昔、こんなふうにミリセントのことを賛美してくれた男の子がただ一人いたっけ。

(君は白く透き通って、本当に綺麗だね。君ほど美しい人を、僕は見たことがないよ。君は僕の天使だ)

あの澄んだアルトの声が頭の中に蘇った。

きゅんとかすかに胸が疼く。

ミリセントは思い出を振り払うように、目をきつく閉じる。

ジルベスターと同衾《どうきん》しているのに、ほかの男性のことを思い出すなんて不謹慎すぎる。

ふいに、肩甲骨の間をぬるりと濡れた舌が這った。

ジルベスターが覆いかぶさるようにして、背中を舐めてきたのだ。

「ひ……っ」

ぞくぞく感じてしまい、思わず目を見開いてしまう。

「綺麗な貝殻骨《かいがらぼね》だ。ここに天使の羽が収まっているのではないか？　あなたはまるでこの世の人でないように儚くて、美しい」

ジルベスターの熱い息遣いが背中を擽り、焦れったく甘く感じてしまう。

「このまっすぐな背骨も――」

ジルベスターが背骨の窪《くぼ》みに沿って、ねっとりと舌を下ろしていく。

「ん、んぅ、やめ……あ、ぁ」

官能的な震えがくる。

全身が性感帯になってしまったよう。

「背骨の終わりに、可愛いえくぼが二つあるね。素敵だ」

ジルベスターは背骨の付け根にある小さな窪みを、舌でれろれろと舐め回してきた。

「ひゃ、あ、や、そんなところ……」

びくびく背中が引き攣る。

「ふふ、ここも感じてしまう？　ここはね、美の女神のえくぼと言うんだ。あなたにぴったりの名前ではないか」

ジルベスターはミリセントがびくつくたび、嬉しげにそこを舐め回す。

「ん、んぁ、も……ぅ」

シーツに顔を埋めて、擽ったさと焦れた疼きに耐える。

やがてジルベスターの舌は、ふっくらした尻に移動する。

「小さくて可愛いお尻だ。でも焼きたてのパンみたいに柔らかい」

ジルベスターは、ぱふっと双尻の割れ目に顔を埋めてくる。

「あっ」

ミリセントは思わず顔を起こした。

「んん――柔らかい。食べてしまいたいほど可愛いお尻だ」

ジルベスターの高い鼻梁が尻肉を撫で回す。

「あ、あ、やめて……恥ずかしい……」

ミリセントは身じろぎして、声を震わせる。

「ああ可愛い、あなたはどこもかしこも可愛い」

ジルベスターはうっとりとした声を出す。

尻の感触を堪能したジルベスターは、太腿から膝裏、ふくらはぎまで丁重に舌を這わして、最後に足裏まで舐め回してきた。

「きゃぅっ、や、や、くすぐったい、やぁ」

ミリセントは思わず足をばたつかせてしまう。

「こらこら、暴れない」

ジルベスターは苦笑交じりで、ミリセントの細い足首を掴んで押さえ込んだ。そして、再び足の裏を舐めてくる。

実はミリセントはとても足の裏が敏感なのだ。

「あ、ふ、ふぁ、や、やめて、あ、やだ、つらい、やめてぇ」

くすぐったくて笑いたいのに、なぜか淫猥な愉悦が混じってきて、どうしていいのかわからない。強引に身を振りほどくのも不敬な気がして、中途半端な抵抗になってしまい、ますますジルベスターの思い通りに舐めまわされてしまう。

「やめない、ほら、もっと舐めてあげよう」

ジルベスターはまるでいじめっ子みたいに、強引にミリセントの足裏を舐めようとする。

「いやいや、やめてください、やぁ、もう……っ」

身体を捻るようにして前を向き直り、訴えるように潤んだ瞳で睨む。

無論効果はない。ジルベスターが目を眇めて嬉しそうに笑っているのも、しゃくに触る。

「もういいかげんに……あっ⁉」

ふいにぱくりと足指を咥え込まれた。

ぬるぬるとジルベスターの舌が、足指の間を這《は》い回る。

擽ったさより、悩ましい感覚が先に立つ。

そんな自分の反応に戸惑ってしまう。

「あ……やめて……そんな、汚い……のにぃ……」

ミリセントの小さな足指を口腔でくちゅくちゅと転がしていたジルベスターは、ミリセントの甘い反応にすぐに気が付いたようで、勝ち誇ったみたいに笑顔になる。

「とても甘くて美味しいよ――これも気持ちよいのだろう？」

彼は足指の一本一本を丁重に舐め回していく。

「ふ、ん、んん、んん……ん」

むず痒《がゆ》いのに、焦《じ》れったい官能の疼きが下腹部に溜まっていく。

ジルベスターの手にかかると、本当に全身のどこもかしこも、淫らな性感の器官に成り代わってしまう。

「んぅ、あ、あ、ぁ、もう、しないで……」

頬が熱くなり、淫らな疼きはますます強くなる。

媚肉がひくつき、新たな蜜がとろりと溢れてくるのがわかる。

膣襞が、我慢できないというように猥りがましい蠕動《ぜんどう》を繰り返し、ミリセントを追い詰めていく。

「は、はぁ、あ、ああ、あ……ぁ」

触れられていない身体の他の部分が、全部疼いてくる。

乳首はじんじん硬く凝り、子宮の奥の痺れるような官能の飢えはますます強くなる。

触れられていない方の足指にくっと力がこもり、シーツをもどかしげに足掻く。

「ああいい顔だ、ミリセント。男を虜《とりこ》にする淫らで美しい表情をするね」

ジルベスターが酩酊した声を出す。

ちらりと彼の股間に目をやると、そこが大きく漲《みなぎ》り膨らんでいるのがわかる。はしたないと思うのに、その膨らみから目が離せないでいた。

ミリセントの視線に気がついたジルベスターが、吐息で笑う。

「私が、欲しいか？」

「っ……」

ミリセントは耳朶まで真っ赤に染め、慌てて視線を逸らせた。

ジルベスターはじっとその横顔を凝視する。

「自分に嘘をつかなくてもいいんだ——欲しいものを欲しいと言えば、なんでも私は与えよう」

「……そんな……こと」

口に出して言えるはずもない。

でも、媚肉の飢えは最高潮に達し、ジルベスターの熱い剛直でそこを埋めて欲しいとせつなく求めている。

羞恥で頭がくらくらしたが、ジルベスターの目を遠慮がちに見つめ、消え入りそうな声で言う。

「お、お願いです……ジルベスター様。私の、ここを、ジルベスター様で満たしてください……」

わずかに膝を開き、ジルベスターを招き入れる姿勢を取ろうとした。

ジルベスターが熱く息を吐く。

「ああミリセント、そういう淫らな仕草まであなたがすると、どうしてこんなにも崇高なものに見えてくるのだろう」

彼はもどかしげにシャツを脱ぎとり、トラウザーズも脱ぎ捨てる。

一糸まとわぬ姿になったジルベスターの男らしい肉体に、ミリセントはざわっと身の内が滾るのを感じる。

そして、彼の股間に息づく猛々《たけだけ》しく反り返る欲望の剛直にすら、激しい欲求が湧き上がる。

初夜の時には、あんなにも凶悪そうで恐ろしげに思えた男根が、今は欲しくて受け入れたくて仕方ない。

「ジルベスター様……」

ほっそりした両手を彼に向けて差し出すと、その手を取ったジルベスターが手の甲に何度も口づけしながら、ゆっくりと覆いかぶさってくる。

「私もあなたが欲しくてたまらない」

耳元に熱く吹き込まれ、それだけでも子宮の奥がつーんと甘く痺れて、軽く達しそうになった。

ジルベスターが片足をミリセントの両足の間に挟みこんで、左右に大きく開かせた。太腿に、熱く硬い彼の欲望の漲りを感じ、ドキドキ脈動が速まってくる。

「挿入《い》れるぞ」

低くささやかれ、潤った蜜口にぬるりと傘の張った先端が押し当てられる。

「ん、ん……っ」

すっかり濡れ果てていた狭い入り口は、ぬるりとたやすく剛直を受け入れる。

「あ、ああっ……ぁ」

みっしりと太いもので満たされ、圧迫感で息が詰まりそうになるが、それ以上に官能の飢えを満たされた悦びの方が優《まさ》っていた。

思わずジルベスターの背中に抱きつき、硬く盛り上がった筋肉の感触を愛おしむように撫で摩る。胸がせつなくなるくらい幸せを感じ、媚肉がひとりでにきゅんと締まってしまう。

蜜口の浅瀬をゆるゆると行き来していたジルベスターが、苦しげな声を出す。

「ああミリセント――とてももたない。もう動いてもいいか？」

ミリセントの身体を思《おも》い遣《や》る言葉に、さらに多幸感が膨れ上がる。

「ええ、はい……来て、もっと、ください」

彼の肩に顔を埋め耳元でささやくと、直後にジルベスターが腰を深く沈めてきた。

「ああああっ」

最奥まで貫かれ、頭の中が悦楽の煌めきに真っ白に染まった。

弓なりにしなったミリセントの背中に腕を回しぴったりと身体を合わせ、ジルベスターはさらにがつがつと激しい抽挿を繰り返す。

「あ、あ、あぁ、深い……あ、あぁ、奥……っ」

子宮口まで強く抉られると、深い絶頂が断続的に襲ってきて、我を忘れてしまいそうになる。

夢中でジルベスターの背中に爪を立てるようにしてしがみつく。

「あなたの中、蕩けそうだ、吸い付いて締め付けて——とても悦い」

ジルベスターが感極まった声を出す。

「はぁ、あ、ジルベスター様、あ、あぁ、あ、はぁっ」

最奥を突かれると、はしたない声が止められず、声を上げることでさらに快感が増すようで——。

「……あぁ、こんな、あ、こんなの……」

隘路をめいっぱい満たすジルベスターの怒張の激しさに煽られて、内壁が燃え上がるように熱くなる。

「んぁ、あ、あ、はぁ、あ、すごくて……っ」

指や舌で秘玉をいじられてもたらされる鋭く刹那的な快感とはまた違う、深く重い媚悦は波のように押しては引き、押しては引き、次第に大きくミリセントの官能を侵食してくるようだ。

乱れまくるミリセントの様子に、ジルベスターは気遣わしげな声を出す。

「——ミリセント、つらいか?」

ミリセントはふるふると首を横に振る。

「いいえ、いいえ、続けて……こんなの……悦くて……ああ、とても、気持ち、いい……気持ちよくて、おかしくなりそう……」

素直な言葉が口をついて出てしまう。

「そうか、ミリセント、悦いか、ああ、悦いのだな、そうか」

ジルベスターの声は、感極まって掠れている。

「私もとても悦い――可愛い、あなたはなんて可愛いのだ。ミリセント、ミリセント」

情熱的に腰を使いながら、ジルベスターはミリセントの汗ばんだ額や頬に、口づけの雨を降らす。

ミリセントは高揚した気持ちの赴くまま、自らジルベスターの唇に口づけした。

「はぁ、あ、キスを……キスして、ジルベスター様……っ」

「ミリセント、ミリセント」

ジルベスターが貪るような口づけを仕掛けてきた。

「ふぁ、あふう、あ、ん、は、ふあぁ」

ミリセントは夢中になってジルベスターの舌に自分の舌を絡めた。つたないながら、ジルベスターに自分の思いの丈を伝えるような深い口づけに耽溺《たんでき》する。

「あふ……ふぁ、あ、はぁ、っふぁう」

互いの舌を吸い合い、唾液を啜り、口腔を掻き回す。

頭の先から爪先まで、ジルベスターのものになっているという悦びが全身を満たし、気の遠くなるような快感に酔いしれる。

好き――この人がとても好き――恋している。

でも、その気持ちを伝えることはできない。

期限付きの妻。

子を成すためだけの蜜月。

せつない気持ちが快感に拍車をかけるのか、ミリセントはぐんぐん絶頂の高みへ上っていく。

唇を引き剥がし、荒い息とともに告げる。

「んぅ、あ、あ、は、あ、来る……あぁ、ジルベスター様、熱いのが、来る……っ」

「ああそうか、私も達きそうだ――一緒に、ミリセント、一緒に達こう」

「はぁ、あ、来て、来て、ジルベスター様、私の中に、いっぱい、いっぱい、ください……っ」

「っ――出すぞ、あなたの中へ、もう、達くぞ」

「あぁん、あ、来て、あ、も、もう、あ、もう、あぁ、ぁ……達く、あ、達っちゃう……っ」

「ふ――っ」

うねる濡れ襞に包まれた男の欲望が、どくんと、大きく脈動する。

「やぁあ、あ、あ、あぁぁあぁぁっ」

「く――」

ジルベスターがぐいっと腰を捻《ね》じ込《こ》み、がくがくと大きく胴震いする。

「あ、あぁ、あ、あぁあっ……っ」

その瞬間、ミリセントも激しく達してしまう。

絶頂の直後は意識が真っ白に飛び、なにもわからなくなる。

まるで天国の扉を叩いてしまったよう。

これは短い死のようだ。

もし、死ぬことがこのような悦楽のさなかで起きるのなら、それも悪くない、とすら思う。

短い寿命を恐れ嘆いていたけれど、こんなふうにジルベスターに熱く抱かれ一つに繋がったまま、死を迎えるのなら何も怖くない。

「ふ、ミリセント――」

ジルベスターは繰り返し強く腰を穿ち、断続的に精の迸りをミリセントの最奥へ注ぎ込む。

「んぅ、ん、んん、は……」

穿たれるたび、ミリセントは腰をぴくんぴくんと跳ね上げ、無意識に最奥がきゅうきゅう収斂し、ジルベスターの白濁液をすべて受け入れようとする。

「――ふ」

欲望を出し尽くしたジルベスターは、そのままミリセントの腰を抱きかかえ、内壁をくちゅくちゅと掻き回す。

「あ……？」

まだ絶頂の余韻にいるミリセントは、ぼんやりした顔を上げる。

射精したばかりだというのに、ジルベスターの欲望は硬度を保ったままだったからだ。

ぬるぬるになった蜜壺を攪拌《かくはん》されると、達したばかりなのに新たな快感が生まれてきて、ミリセントは思わず腰を引こうとした。

「や……あ、あ、もう、無理……です」

しかしジルベスターはミリセントの両手を掴むと抱き起こし、膝に乗せ上げる格好にして、さらに下から突き上げてきた。

「やあ、だ、め、もう、こんなの……死んじゃう……っ」

ジルベスターは欲望に妖しく光る目で、ミリセントを見つめる。

「ふふ、本当に死なれては困るが、死にたいほど気持ちよくさせてあげたいな」

ジルベスターはぎゅっとミリセントの小さな尻を両手で抱え、ずんずん、と深く穿ってくる。

「あ、あぁ、そんな、ああっ……」

熟れきった媚肉は、貪欲に快楽を拾い上げる。

「だめ、だめぇ……っ」

仰け反って甘く喘ぐと、まろやかな乳房がたぷんたぷんと揺れた。

「ああこの美味しそうな乳房も、存分に吸ってあげよう」

ジルベスターは腰の抽挿を続けながら、ミリセントの乳房に顔を埋め、鋭敏な乳首を交互に

口に含む。

「んぁ、あ、や、吸っちゃ……痺れて、あ、あぁあっ」

乳首からの直接的な刺激が、そのまま下腹部を襲い、濡れ襞はうねうねと淫らな蠕動を始める。

「んんぅ、あ、あ、だめ、すぐ、すぐ、達っちゃう……っ」

ミリセントはいやいやと髪を振り乱す。

ジルベスターがじっとミリセントの胸元を見つめる。

「知っているかい？　あなたのこの忌まわしい病の痣が、あなたが感じ入るほどに赤く鮮明に浮き上がってくるのを」

「え？」

見れば、左の乳房の上にある、寄生虫がもたらした小さな蝶のような痣が真っ赤に色づいていた。

そういえば、ジルベスターと睦《むつ》み合っていると、寄生虫はひっそりと活動を停止してしまうようだ。発作も起こらない。

「ミリセント、可愛いミリセント——美しくも呪われた刻印」

ジルベスターが哀愁の漂う声を出し、その痣に優しく口づけを繰り返した。

「きっと治してやろう」

「え？」

「あなたの命を奪わずに、きっと、この痣を取り払ってやる」

ジルベスターはまっすぐにミリセントを見つめてくる。

「そして、あなたに無限の未来を与えてやりたい」

「ジルベスター様……」

ミリセントはその真剣な口調に、胸が喜びとせつなさでいっぱいになる。

彼の澄んだ青い瞳に、身体も心も吸い込まれていきそう。

治るはずのない病なのに。

治してやると、そう力強く言ってくれるジルベスターに、どうしようもなく込み上げてくる熱い感情にミリセントは呆然とする。

——愛。

愛してしまった。

これはもう、恋とは呼べない感情だった。

ジルベスターを愛している。

全身全霊をかけて、愛してしまった。

ミリセントはすっと視線を外し、ぎゅっとジルベスターの背中に抱きついた。動揺している顔を見られたくなかった。

誘うように自ら腰をうごめかせ、内壁に力を込めてジルベスターの屹立を締め付ける。

「でも、今はただ、強く抱いてください。いっぱい、いっぱい、私の中にください」

「――ミリセント」

その言葉に煽られたように、ジルベスターは再び激しい抽挿を開始した。

ミリセントの尻を両手でがっちりと掴み、熱く滾る欲望に叩きつけるように上下に揺さぶって来る。

「あ、あ、ぁ、当たる……奥に……あぁ、すごい……っ」

太いカリ首が、ぐりぐりと蜜壺を抉り、先ほど放出したばかりの白濁を掻き出す。

「はぁ、あ、はぁ、激し……っ、あぁあっ」

ミリセントは感極まって、思わずジルベスターの耳朶を喰んだ。こりこりした耳殻の感触が心地よくて、いつも自分がされているみたいに、甘噛みしたり舌先で舐め回したりする。

すると、どくん、とジルベスターの男根が媚肉の中で慄いた。

「ふ――ミリセント。そこは――」

ジルベスターが悩ましい声を漏らす。

ミリセントはジルベスターが感じ入っていることを知り、気持ちが弾む。自分ばかりではなく、男性にも感じやすい性感帯があるのだ。

つたない動作でちろちろとジルベスターの耳裏に舌を這わせ、耳孔に息を吹き込む。

「つ――あ、ミリセント、いけない」

ジルベスターが感じると、彼の欲望がさらに膨れ上がる気がした。

「だめですか？　うまくできないですけれど、ジルベスター様にももっと心地よくなってほしくて……」

ジルベスターはそっと顔を引き、ミリセントを見つめる。

「いや、そうではない。とてもよい。あなたに優しく触れられるのが、こんなにも心地よいとは思わなかった。自分で驚いている」

「ああ、よかったです」

うれしくてにっこりすると、ジルベスターの男根が再びぶるりと胴震いする。

「だが――」

ふいにジルベスターは真下から激烈にずずんと抉り込んできた。

「ひゃうっ、うぁっ」

目の前に官能の火花が飛び、ミリセントは甘い悲鳴を上げた。

「それではこちらもひとたまりもない」

腰を抱えられて、ジルベスターの思うままに激しく欲望が突き上げられてくる。

「あ、あぁ、あ、いきなり……こんな……激し……っ」

めいっぱい埋め込まれた剛直が熟れた陰唇を押し開いて、抜き差しするたび、鋭敏な陰核を擦り上げて、どうしようもないくらいの歓喜が込み上げた。

「やぁ、あ、だめ、壊れちゃ……あぁ、だめ、だめぇ」

仰け反ってはあはあと忙しない呼吸を繰り返して身悶えると、その唇をジルベスターに塞がれる。

「んーっ、ん、んぅ、んんんっ」

きつく舌を絡ませて、魂まで奪い取るような口づけを繰り返され、舌の根が痺れて頭の中が朦朧《もうろう》としてくる。

「ミリセント、あなたは天使か、悪魔か——私とあなたは、あつらえたみたいにここがぴったりではないか」

唾液の糸を舐め取りながら、ジルベスターは腰を押し回して最奥の子宮口までぐりぐりと抉ってくる。激しい絶頂の繰り返しに、ミリセントはがくがくと腰を痙攣させて、息も絶え絶えて喘いだ。

「あ、あぁ、また、達く、やぁ、もう、蕩けて……おかしくなるぅ……」

「そう言いながら、あなたの中は私を締め付けて離さない」

ジルベスターの肉茎がきゅうきゅう収斂する熟れ襞を押し広げるようにして、雄々しく突進してくる。

「……や、あ、だ、め、あ、やああ、やだ、あぁ、だめ、あぁあっ」

もはや何も考えられない。

ただ、ジルベスターの与える快感を貪り、自らも彼の律動に合わせて腰をのたうたせ、イキ声を上げ続ける。

にわかにジルベスターの腰の動きが慌ただしくなる。

「く――行くぞ、もう、あなたの中に、出す、出すぞ」

ジルベスターが低く唸る。

ミリセントは思わずきゅうっと膣壁を締める。

「はぁ、あ、はぁあ、ください、あぁ、たくさん、たくさん、ください、出して……っ」

「ふ――くっ」

ジルベスターが荒々しい吐息をついた。

「あ、達く、あ、あぁ、達く……っっ」

ミリセントは絶頂にびくびくとのたうち、悦楽に噎《むせ》び泣《な》く。

刹那、ミリセントの中に新たな飛沫が勢いよく放出される。

「あ、あ、あぁ、あ、熱い……あぁ、あぁああ」

胎内を熱い白濁が沁《し》みていくを感じ、ミリセントはうっとりと快美感に酔いしれた。

「――っ」

二度、三度と残滓《ざんし》をたっぷりとミリセントの中に注ぎ込み、ジルベスターも満足げな息を吐く。

「……ん、ぁ……ぁ……」

ミリセントはぐったりと、汗ばんだ身体をジルベスターにもたせかけた。

共に快感の波に呑まれ、ぼんやりと喜悦の余韻に海に漂う。

なんという幸福感だろう。

愛している人と一つに結ばれ、性の悦びを分かち合う行為が、こんなにも素晴らしいものだったなんて。

じっと目を瞑って我慢しろなどと教わり、真面目に信じ込んできた自分が、なんてこっけいなのだろう。

子を成すだけの行為ではなかったのだ。

それを教えてくれたジルベスターに、泣きたいくらいの愛情と感謝を感じる。

この人の子を産みたい。

切実に思う。

政治的戦略とか自分の生きた証だとか、もうそんなことはどうでもよくなっていた。

愛しているから、好きだから。

愛の結晶を授かりたい。

ジルベスターが上体をわずかに離し、ミリセントの乱れた髪を優しく撫でる。

それから彼の手が顎を捉え、自分の方に仰向かせる。

まだ酩酊しているミリセントの頬にそっと唇を押し付け、労わるような声で聞く。

「激しくしてしまったな」

ミリセントは素直にうなずく。

「少しだけ……」

「心臓に、異常はないか？」

ジルベスターがミリセントの左乳房の赤い痣に唇を寄せる。

その仕草に、背中がぞくぞく甘く震えてしまう。

「なんともありません」

「そうか、よかった」

二人は目線を合わせて微笑みあった。

その途端。ミリセントのお腹がきゅるるっと可愛らしく鳴った。

「あっ……」

ミリセントは恥ずかしさに真っ赤になる。

ジルベスターが目を丸くする。

「食事を済ませていないのか？」

ミリセントはこくんとうなずく。

「晩餐のお約束をしておりましたから……ジルベスター様をお待ちしようと……」

ジルベスターはまじまじとミリセントを見た。

それから彼は、くすくすと笑いだす。

「そうなのか。ああそうか——ほんとうにあなたは可愛いね」

ジルベスターがミリセントの細腰を抱き上げ、ぬるりと自分自身を抜き取った。

「あ」

満たされていたものが引き摺り出される喪失感にすら、甘く震えてしまう。

ジルベスターはそのまま、ひょいとミリセントを横抱きにした。

「きゃ……」

「では、二人で浴室で汗を流し、食事にしよう」

彼は素早くベッドが降り、ミリセントを抱いたまま浴室へ歩きだす。

「え？　二人で？　そんなの……ジルベスター様がお先に……」

言いかけたその唇を、ジルベスターがそっと塞いだ。

「んっ」

ちゅっと音を立てて口づけをしてから、ジルベスターがにこりとする。

「二人で入浴した方が早いだろう？　それから給仕に何か軽食を運ばせよう。真夜中の晩餐というのも、なかなか風情のあるものだ」

「は、はい。お腹、ぺこぺこです」

ミリセントが素直に返事をすると、ジルベスターがいたずらっぽく片目を瞑ってみせた。

「だが、浴室であなたの身体に触れていると、また抱きたくなってしまうかもしれないな。どうも今の私は、食事よりあなたを喰らい尽くしたい気分だ」

「そ、そんな……もう、むり、むりです、ほんとに死んじゃいます」

ミリセントが驚いて両手をぶんぶん振ると、ジルベスターは、はははっと声を上げて笑う。

「なんていとけないのだろう、あなたは。あなたといると、ほんとうに飽きない」

ミリセントはまた揶揄われているのかしら、と、ジルベスターの表情を伺う。

そこには、今まで見たこともないくったくない笑顔の彼がいて、新鮮な魅力にミリセントはまた胸を熱く疼かせてしまうのだった。


前第一妃、前第二妃主催の晩餐会《ばんさんかい》の招待状が、ミリセントの元に届いたのは、その翌日のことだった。


「行かない方がいいわ、ミリセント」

アガーテは炭の欠片《かけら》でキャンバスにスケッチしながら、強い口調で言った。

昼間、ミリセントとアガーテは庭の四阿で会う約束をしていたのだ。

ミリセントは花の咲き乱れる庭に面した四阿の手すりに腰を下ろし、アガーテに言われるままにポーズを取っていた。

「でも——後宮の中心にいる方々でしょう？　きちんとご挨拶だけはしておくべきだと思うの」

アガーテは、炭で真っ黒になった手をぶんぶん振った。

「なにお人好《ひとよ》しなこと言ってるの。以前後宮にいらしたとてもお美しいお姫様が、前皇妃たちに何度も呼びつけられて、最後には突然の気伏せの病で故国へお帰りになったことがあったわ。侍女たちが噂してたもの。ぜったいに、あの後宮の女狐どもがいびり出したんだわっ」

彼女は憤慨しながら鼻の下を手でゴシゴシ擦った。そこが口髭《くちひげ》のように黒く汚れる。

「女狐だなんて……でも、私、ジルベスター様のことを少しでも知りたくて。あの方々と、ジルベスター様のお母様との関わり合いの真実も知りたいの。すこしでもジルベスター様を理解したいの」

ミリセントは立ち上がると、自分のハンカチを出してアガーテの鼻の下の汚れを拭き取ってやる。

「あらやだ、私ったら」

アガーテは顔を赤く染めながらも、真剣な眼差しでミリセントを見つめてきた。

「ミリセント、あなた皇帝陛下のことをお好きなのね？」

ミリセントはこくんとうなずく。

アガーテがかすかに眉を顰める。

「そりゃ、私だって陛下はとても素敵で魅力的なお人だと思うけれど、大国の皇帝陛下よ。深く関わることは大変なことよ。私、大好きなミリセントが傷ついたりするの、いやだわ」

ミリセントは、アガーテの率直だが思いやりに溢れた言葉に胸がじんとした。

アガーテの両手をそっと握り、心を込めて言う。

「アガーテ、私ね、ジルベスター様のことを愛しているの。あの方のためなら、なんでもできる。この命を捧げてもいいと思っているの」

アガーテはガラス玉のような目を丸くし、ミリセントの一途《いちず》な表情を見ていた。

やがてアガーテは、にっこりする。

「わかったわ。私にはまだ異性を愛するという気持ちはわからないれど、そんな真剣な目をされたら、だんぜん応援しちゃうわ。ミリセント、頑張って陛下のお心を掴むのよ！」

彼女はぎゅっとミリセントの手を握り返した。ミリセントの両手が炭で真っ黒になってしまう。

「あっ、私ったら。ごめんなさい」

アガーテが慌てて手を離した。

ミリセントは思わず笑いが込み上げてしまう。

「ふふふ」

アガーテは照れくさそうに舌を出し、二人はしばらくくすくす笑い合った。


夕刻。

ミリセントは湯浴みを済ますと、念入りに装い化粧をした。

アガーテの言う通り、前皇妃たちがミリセントを普通にもてなそうとして招待したとは思えない。

初夜の翌日の二人の常軌を逸した行動をみても、それは想像できる。何を言われるか、何をされるかわからない。

本音を言えば、招待を辞退したい。

けれどその恐怖より、ジルベスターのことをより理解したいという気持ちがまさっていた。

後宮の他の侍女たちから前皇妃たちの噂を聞いたらしいフリーダは、気遣わしげにミリセントに告げる。

「姫君、触らぬ神に祟《たた》りなしと言いますよ。あの方々と関わり合いにならないのが、姫君のおためかと存じます——あの、陛下にこのことをお知らせして、陛下から取りなしていただいたほうが——」

ミリセントはキッとなって、真剣に言い返す。

「いいえ。ジルベスター様にお手数をかけたくはないの。大丈夫、命までは取られはしないわ。そもそも、私は逆境に慣れっこですもの。ね？」

「姫君――」

フリーダは涙ぐんだが、それ以上は口を挟まず、ミリセントのお付きとして従った。

廊下を進んでいくと、どこからともなくゼーダが現れ、ミリセントの側に付いて歩き出した。

「まあゼーダ、私のお供してくれるの？　賢いのね」

ミリセントがゼーダの長い鼻面を優しく撫でると、犬は嬉しげに目を細める。

後宮の奥深くに、前第一妃と前第二妃の暮らす離宮がある。

彼女たちは前皇妃ということで、他の後宮の女性たちよりも一段上の生活を送っている。

巨大な離宮の入り口まで辿り着くと、そこに数名の護衛兵に囲まれた恰幅のいい一人の壮年の男性が立っていた。

身なりが立派で相当の地位の高い貴族だ。

皇帝陛下以外の男性は、警護兵と医師を除いては、後宮への立ち入りは原則禁止されている。

それなのに、この男は堂々した態度だ。

ゼーダが大きな耳をピンと立てて、低く喉の奥で唸り始めた。

「ゼーダ、いけないわ」

ミリセントが小声で嗜めると、ゼーダはぴたりと唸るのを止めたが、鋭い目つきで男を睨んでいる。

男はミリセントを見遣ると、声をかけてきた。

「おや、もしやあなた様はバッハ王国の末の姫君ではございませんか？　最近、この後宮にお越しになったとか」

ミリセントは警戒しながらも、相手の身分が高そうなことを慮《おもんぱか》り、丁重に答えた。

「はい、ミリセントと申します」

男は鷹揚《おうよう》にうなずいた。

「なるほど。噂にはお伺いしていたが、世にも稀なるお美しいお方だ。私はゴッデル侯爵と申します。陛下の下で宰相として仕えております。この後宮の前妃様方々にも、懇意にさせていただいております。まあ、今後ともお見知りおきを」

相手の横柄な口調は気になったが、ミリセントはジルベスターの臣下だと知り、深々と頭を下げた。

「よろしくお願いします」

宰相ゴッデルは片手を振ると、

「それでは私は失礼する。よい晩餐会を」

と言い置いて、護衛の兵士を引き連れて後宮の回廊の向こうに姿を消した。

宰相ゴッデルは、これからミリセントが前妃たちと晩餐をすることを承知しているようだ。

いやな胸騒ぎがする。

今すぐ回れ右をして、引き返したい。

けれど顎を引くと、胸をしゃんと張った。

「さあ、行きましょう。フリーダ」

ミリセントが門番の兵士に用向きを伝えると、傍に待ち受けていたらしい一人の侍女が、部屋への案内を申し出る。

「お急ぎください。お約束の時間をとうに過ぎております」

そう言われ、ミリセントはえっ？　と思う。

告げられた時刻よりも早い時間に到着していたからだ。

「あの、でも、十八時、とおうかがいしておりますが」

先導するその侍女は、振り返りもせず答える。

「いえ、お約束は十七時になっております」

「⁉」

思わず傍のフリーダを見やると、彼女は青い顔で首を横に振った。

（わざと間違った時間を言われた？）

にわかに緊張が高まった。

大きな食堂の入り口で、侍女が馬鹿丁寧に告げる。

「ミリセント・バッハ第三王女殿下、ご到着にございます」

「いつまで待たせる、入れ」

食堂の奥から、苛立たしげな甲高い声がした。

「どうぞ」

侍女に促され、ミリセントはフリーダとゼーダを残し、ひとり食堂の中へ足を踏み入れた。

天井が高く豪華な金のシャンデリアがいくつも下がっている広い食堂には、清潔なテーブルクロスを掛けた長いテーブルが置いてあり、テーブルの一番向こうの上座に、前第一妃エリゼと前第二妃インゲルトが座っていた。

彼女たちが厳しい顔つきをしているのが、遠目でもわかる。

「ずいぶんと、悠長なお出《い》でだな、ミリセント殿」

前第一妃エリゼがツンとした声で言う。

「まあまあ、エリゼ様、お若い女性はお支度に時間がかかったのでしょうよ」

前第二妃インゲルトが嫌味《いやみ》たっぷりに取りなし、ミリセントに声をかける。

「なにをぐずぐずしている。さっさと席につきなさい」

ミリセントはぐっと堪え、

「失礼します」

と、テーブルの末席に座ろうとした。

「そんな遠くにいては、話もできぬわ。近う」

すかさず突っ込まれ、慌てて二人の近くの席に向かった。

座るや否や、二人の前妃はぶしつけな視線を投げかけてくる。

「年の割にずいぶんと厚化粧だな」

「そんな胸の開いたドレスでは、まるで街の娼婦《しょうふ》のようだ」

「ふふ、そもそも、陛下を籠絡したのだから、同じようなものよの」

「名も知れぬ小国の王女というのは、立ち回りが上手と見えるな」

「小娘にいなされるとは、陛下も甘いものよ」

「まあ所詮、お若い男子であられますから」

彼女らは自己紹介もなしに、次々ミリセントを揶揄するような言葉を投げかけてくる。

ミリセントは呆然として、無言で耐えていたが、思い切って口を挟む。

「あの、恐れながら——どうか、陛下のことだけはお悪くおっしゃらないでいただけませんか？　いくらさきの皇妃様方であられようと、不敬だと思います」

前妃たちは目を剥いて、口を噤んだ。

ミリセントは背中にびっしょり汗をかいていた。自分はなんと言われようと構わないが、ジルベスターを侮辱されることだけは我慢できなかったのだ。

前妃たちは顔を寄せて、なにかひそひそと話している。

ふいに顔を向けた前第一妃エリゼは、張り付いたような笑顔を浮かべた。

「まあ、とりあえず、食事を始めようか」

彼女が壁際に並んでいた侍女たちに手を振ると、さっと彼らが動いた。

前菜から運ばれてくる。

前第二妃インゲルトは食いしん坊らしく、さっさと食べ始めながらミリセントを促す。

「召し上がれ」

「いただきます」

ミリセントは前菜のサーモンのマリネに手を付ける。一切れ口に含んだ途端、思わずえずきそうになった。

「!?」

塩辛くてとても口にできるような味ではない。

「どうした？　我が国自慢のサーモンぞ」

前第一妃エリゼが横目で見てくる。

ミリセントは我慢して飲み下した。

「はい。大変美味《おい》しゅうございます」

二人の前妃が、顔を見合わせて笑う。

「だろう。そなたの祖国では、あまりに貧しくて、国民は皆虫を食べていると聞いたからな」

「おお、おぞましい。ハエや蟻《あり》を食べるのかえ？」

ミリセントは屈辱で耳朶に血が上るのを感じた。

彼女たちはきっと、ミリセントの氏素性を事細かに調べ上げてあるのだ。

虫を食べる習慣は、確かにバッハ王国には昔からある。

特に平民たちの間では、蜂の子や蝗《いなご》は副菜の常食といってもいい。国によっては眉を顰める食習慣かも知れないが、祖国の民たちにとっては大事なタンパク源だ。

それをこのように嘲笑され、屈辱に腹の中が煮え繰り返りそうになる。

だが、ジルベスターの立場のことを考え、反論しないでいた。

スープ、主菜、と次々に豪華な食事が給されるが、ミリセントの分には、どれもひどい味付けがしてあった。辛すぎたり、苦かったり、酸っぱすぎたり。

しかし、ミリセントは顔色一つ変えず、皿の中のものを平らげた。

（前妃様ともあろう人がたちが、品のない嫌がらせだわ。でも、負けない。こんなことで、逃げたりしない。私はもう決めたのだから。ジルベスター様にこの身も心を捧げると。だから、逃げないわ）

前皇妃たちは、ミリセントが嫌がらせや悪口にびくともしない様子に、徐々に苛立ちを募らせていくようだ。

「よくもまあ、がつがつと豚のように食べることよ。よほど美味しいものを食べつけてこなかったのだろうな」

前第二妃インゲルトが嘲笑《あざわら》うように言う。

そういう彼女こそ、何皿もお代わりをしているのに。

最後のデザートは、果物のゼリー寄せだ。

これで晩餐は終わりだと思うと、ミリセントはほっと胸を撫で下ろす。

スプーンでゼリーを掬《すく》って口に含んだ途端、がりっと硬いものが当たった。口腔に錆《さ》びた鉄のような血の味が広がった。

「あっ……」

思わず口の中のものを、ナプキンの中に吐き出した。血にまみれて、ガラスの破片が出てきた。何も知らずに飲み込んだら、喉や食道を傷つけてしまったかもしれない。

「……！」

ミリセントはぞっとして、思わず二人の前妃を睨んだ。

二人は目を合わせようとせず、平然とデザートをつついている。

前第一妃エリゼが、ちらりと視線を寄越《よこ》した。

「どうなされたか？」

ミリセントはぐっと怒りを飲み込む。

「いいえ」

するとと、先にデザートを平らげた前第二妃インゲルトが、ナプキンで口を拭いながらさりげなく言う。

「そういえば――あなたについて、バッハ王国の関係者からあらぬ噂を聞いたのだが」

ミリセントはぎくりとした。

「末の姫君は、なにかよからぬ病を抱えているという話だが？　それはあなたのことか？　本当か？」

すると、前第一妃エリゼがわざとらしく声を上げた。

「ええっ？　病ですって？　まさか。陛下におかしな病気が伝染《うつ》ったりしたら、おおごとではないですか？」

ミリセントは答えに窮した。

心臓がドキドキ言い始める。

「わ、私は……」

どう考えても、ミリセントをいびり出したい態度がありありとしているこの二人に、自分の奇病のことを告げる気にはなれない。

だが、うまく嘘をつけるだろうか。人を偽ることに慣れていないミリセントは、狼狽《うろた》えてしまう。

「どうなのだ？　バッハ王国は病人を、陛下の元へ差し出したということか？」

前第一妃エリゼが声を鋭くする。

「私……」

ミリセントは頭に血が上り、考えが纏まらない。逃げ出したい。目に涙が溢れてきそうで、泣いたらダメ、泣いたら相手の思《おも》う壺《つぼ》だと、必死で自分に言い聞かせた。

「どうなのだ？　答えよ。なんという病なのだ？」

前第一妃エリゼが癇性《かんしょう》らしく、眉間に青筋を立てて恐ろしい顔で問い詰めてくる。

「恋という病ですよ」

突然、穏やかだがくっきりとしたバリトンの声が広い食堂に響いた。

「!?」

ミリセントはハッとして戸口を振り返った。

前妃二人も、ぎくりとして動きを止める。

戸口に、腕組みをしたジルベスターが立っていた。

公務の時の肩に金モールの付いた青い軍服風の礼装姿のままだが、その美貌には仕事の疲れなどは微塵《みじん》にも出ていない。

彼はまっすぐにミリセントに視線を寄越す。

それから、革の長靴のかつかつという小気味よい足音と共に、足早にこちらに向かってきた。

「へ、陛下――っ」

前妃たちは、たじたじとなって慌てて立ち上がり、深々と頭を下げる。

ミリセントは呆然として、その場に凍りついた。

ジルベスターはミリセントの前に来ると、慈愛のこもった眼差しで見下ろしてくる。

「ミリセント、晩餐はつつがなく終わったのかな？」

「は、はい……」

するとジルベスターは、長身を恭しく屈めて長い手を差し出す。

「では、そろそろ我らの寝所へ一緒に戻らぬか？」

ミリセントは催眠術にでもかかったみたいに、機械的に手をジルベスターの掌の上に預けていた。

優しく誘導され、椅子から立ち上がる。

ジルベスターはそっとミリセントの腰を引き寄せると、頭を下げたままの前妃たちに向かって、穏やかだがどこかひやりとしたものを含んだ口調で言う。

「前妃様方々、この通り、私はミリセントに、恋という病を伝染されてしまったのですよ」

彼はこれ見よがしに、ちゅっと音を立ててミリセントの頰に口づけをした。

「私はこの可愛くていとけな姫君に夢中なのです――ですから」

ふいに彼の声色が厳しいものになる。

「私の大事なミリセントになにかあったら、私は相手が神であろうと容赦はしないつもりです」

ぶるっと前妃二人が震え上がったのがありありとわかった。

ミリセントは、自分のために大芝居を打ってくれているジルベスターの態度に、感動を隠せないでいた。

芝居でも、

「ミリセントに夢中だ」

などという言葉を聞けるなんて、夢のようだ。

ジルベスターはしばらくじっと前妃二人を睨んでいたが、ふいにミリセントに顔を向けてにこりと微笑んだ。

「では、愛しいミリセント。そろそろおいとましようか」

唖然《あぜん》としていたミリセントは、目を見開いたままなんとか声を振り絞った。

「は、はい……陛下」

ジルベスターが不服そうな顔になる。

「敬称は無しだと言ったろうに」

「はい……ジルベスター様」

「うん、ミリセント。では、参ろうか」

ジルベスターがごく自然に右手を曲げたので、そこへ左手を絡ませた。

「では、前妃様方々、失礼する」

ジルベスターが歩き出したので、ミリセントは慌てて前妃たちに向けて挨拶をした。

「こ、今宵は楽しゅうございました。失礼いたします」

一瞬、前第一妃エリゼが顔を上げ、恐ろしい表情でミリセントを睨みつけた。

ミリセントは背中がぞっとした。でも、ジルベスターの力強い腕の感触に勇気を貰《もら》えるような気がして、ぎゅっと彼の腕にしがみついた。

食堂を出たところで、心配顔のフリーダと尻尾を千切れんばかりに振っているゼーダが待ち受けていた。

「お前は先に姫君の部屋に戻り、湯浴みの用意をしておくように。私たちはしばらく夜の庭を散歩して、それから戻る」

ジルベスターがフリーダに命じると、彼女は心から安堵したように微笑んだ。

「かしこまりました」

と、フリーダは答えると、そそくさと廊下の向こうへ姿を消した。

離宮を出ると、二人はしばらく庭に面した回廊を無言で歩いていた。

後ろから、ゼーダがとことことついて来る足音がする。

と、足を緩めたジルベスターが、憂いを帯びた声をかけてきた。

「許せ」

「え？」

「前妃たちの存在を、あなたに注意すべきだった。彼女たちが後宮の利権を握っており、私に接近する女性はことごとく排除してきたことを、最初にあなたに告げるべきだった」

彼が心から悔やんでいるようなので、ミリセントは逆に申し訳ない口調になる。

「いいえ、お気になさらないで。ただ、晩餐のご招待をいただいただけですから」

ジルベスターが身を屈め、ミリセントの顔を穴が空きそうなほど凝視した。

「そんなはずはあるまい。彼女らが、何の魂胆もなくあなたを招くはずが――」

ふいにジルベスターが口を閉ざした。

「――唇から血が出ている」

「あ」

デザートに仕込まれたガラスの欠片で切ったものだ。

「な、なんでもありません、これは……んぅ？」

素早く唇を塞がれた。

強引に唇を割られ、ぬるぬると口腔を掻き回される。探るように舐め回していたジルベスターの舌先が、口蓋の切れた箇所に触れ、つきりと痛みが走った。

「ん……っ、あ、痛ぅ」

思わず顔を引いてしまう。

ジルベスターが顔色を変えている。

「血の味がした」

がしっとジルベスターの手がミリセントの小さな顎を掴み、無理やり口を押し開けた。彼は食い入るように口の中を見ている。

みるみる彼の表情が険悪になった。

「切り傷が⁉ これはなにか鋭い硬いものでできた傷だ。あの女どもの仕業かっ、なにかされたんだな？ ミリセント⁉」

彼はキッとして、腰に下げていた剣の柄に手をかけた。

「あなたの無垢な身体に傷をつけるなど、許さん！」

ぶわっと怒りがジルベスターの身体全体から噴き出したように思えた。彼はくるりと踵を返した。

今にも離宮に戻って、前妃たちを切り捨てそうな勢いだ。

こんなにも感情的になったジルベスターを見たのは初めてで、ミリセントは驚きつつも慌てて彼の袖を引いた。

「ジルベスター様、落ち着いてください。たいした傷ではないんです。どうか、お怒りをお鎮めになって……」

袖を強く掴まれ、ジルベスターはハッと我に返ったようだ。

ふーっと深呼吸した彼は、ゆっくりと振り返る。

まだ怒りが収まらないようだが、口調は落ち着いていた。

「すまぬ——つい、頭に血が上った」

ジルベスターはミリセントをひょいと横抱きにすると、回廊の手すりに腰を下ろした。そして、ミリセントを自分の膝に乗せ上げた。

彼はミリセントの髪に顔を埋め、くぐもった声を出す。

「あなたが無事でよかった。先ほど執務室に、突然ゼーダが飛び込んできてね。ワンワン吠《ほ》えながら、私を離宮へ誘導しようとしたんだ。私は何事かと、飛び出したよ」

「まあ、ゼーダが？」

ゼーダは二人の足元に伏せの姿勢になり、尻尾をパタパタ振っている。

「前妃が、後宮に来た綺麗な乙女をいびりいじめ、後宮から追い出しているという噂は、知っていた。だが、私はこれまでそれを止めようとしなかった——」

彼は苦渋に滲《にじ》んだ声を出す。

「なぜなら、私自身が、後宮の女性たちに本当は関心がなかったからだ。彼女たちの良きように生活を満たしてやってはいたが、ただの義務感だったのだ。だから——後宮の権力を握っている前妃たちとあまりいざこざを起こしたくなかった。卑劣な保身だ。ミリセント、寛大な皇帝陛下を装っているが、実は私はずるく冷酷な人間なのかもしれない」

「そんな……」

ミリセントは顔を上げ、ジルベスターの目線を捉えようとした。

ジルベスターが顔を背ける。

「こんな卑怯者《ひきょうもの》の顔を見ないでくれ。結果的にあなたに怪我を負わせることになってしまった。私は今、ひどい自己嫌悪に陥っている」

苦悩するジルベスターの横顔は、うっとりするほど美麗で、見惚れてしまいそうになる。

ミリセントはそれ以上に、彼が実は繊細で傷つきやすい心の持ち主なのだと知り、自分の前で弱さを隠そうとしない姿に、さらに愛情が深まる気がした。

「ジルベスター様……私を見てください」

ミリセントは小さな両手で、そっとジルベスターの顔を包んだ。そして、ゆっくりとこちらを振り向かせる。

端整な彼の表情が、哀切に満ちていて、胸がきゅんと甘く掻《か》き乱《みだ》された。

「冷酷なんて……私を救いに駆けつけてくださったではないですか」

「それは——」

いつもは明快な会話をするジルベスターが、口ごもる。

ミリセントは心を込めて言う。

「本当は、前妃様たちからひどい嫌がらせをされました。でも、ぜんぜん平気。私は逃げ帰ったりなんかしません。義務感からでも、ジルベスター様が助けてくださって、本当に嬉しかったです」

ジルベスターが唇を噛む。

「今まで、不治の病に取り憑かれた厄介者の王女の私なんかのために、助けに来てくれた人などいません。もう、それだけで生きていたかいがあったって、そう思えるほど嬉しかった。前妃様たちの前で、あんなお芝居までうってくださって、私、なんだか舞台のヒロインにでもなったような、夢見心地でした」

「ミリセント」

「ジルベスター様は、私の夢を叶えてくださる。私には、優しくて寛容で、偉大なお方です」

「ミリセント、違うのだ」

ジルベスターの青い目が真摯に見下ろしてきた。

「芝居などではない」

「え？」

「私は、本当に病にかかったのだ」

「……？」

「恋の病だ」

「……！」

「あなたに恋している」

「……」

「恋い焦がれている」

「――」

「出会ってからずっと、あなたのことばかり考えている。あなたに会いたい、あなたと話したい、あなたに触れたい。それればかり。それればかりだ」

「っ――」

最初、ジルベスターの言っていることが頭に入ってこなかった。

が、じわじわと言葉の意味が全身に染みてくる。

ぶわっと熱い感情が胸に込み上げて、息が詰まりそうになる。

「ジルベスター様……私も……」

声が震えてしまう。

「あなた様をお慕いしています。きっと、最初にお目にかかった時から、心惹かれておりました。でも、そんな不遜な気持ちは抱いてはいけないと、自分に言い聞かせていました。だって、私のわがままで期限付きの妻にまでしていただくのだからって……」

語尾が嗚咽で消えてしまう。

「ミリセント」

ジルベスターのしなやかな指先が、目尻から溢れそうになった涙をそっと拭う。

「期限付きなどと――哀しいことを言わないでくれ」

彼がぎゅっと抱きしめてきて、瞼や頬に唇を押し当てる。その唇は、驚くほど熱くなっていた。

「この気持ちは、永遠だ」

最後にちゅっと唇に口づけされ、額をこつんとくっつけて鼻先を擦り合わせるようにして、ジルベスターがささやく。

「きっと、きっとあなたを治してやる。この先ずっとずっと、あなたと一緒にいたいから」

心がきゅうっと甘く痺れ、至福の喜びとともに、この先などきっとないだろうという絶望感も込み上げてくる。

でも、今はそんなことを考えまい、と思う。

胸をときめかせながら、言葉を発する。

「ジルベスター様……愛しています」

ジルベスターは青い目を眇め、眩しそうにこちらを見つめてくる。

「私もだ――あなたを愛している。誰かをこんなにも欲しいと思ったことは、ない。あなただけだ。あなただけが私を心を惹きつけてやまない」

真摯な言葉に、鼓動がドキドキ速まっていく。

よもや、自分の人生に、こんな至上の幸福が訪れようとは。

短い命の中で、自分の生きた証を残したい、それだけを願っていた。

でも、もうそれすらどうでもいいような気がした。

こうして、ジルベスターの腕の中で愛を囁かれるこの一瞬が、永遠に繋がる気がした。

どちらからともなく顔を寄せ、唇を合わせる。

「ん……ん」

軽く触れただけなのに、頭の先から爪先までめくるめくような官能的な悦びが駆け巡った。

こんな甘美な口づけは生まれて始めてだ。

「……ふ、んん、ん」

顔の角度を変えて、掠めるような、小鳥が啄ばむような口づけを繰り返す。

それだけで、幸福感でくらくら目眩がしそうだ。

「ああ可愛い、なんてあなたは可愛いんだ。食べてしまいたいほどだ」

ジルベスターが酩酊した声を出し、ミリセントの唇を何度も軽く喰む。

そのうち、口づけが深いものに変わっていく。

ちろちろとジルベスターの舌先が唇を撫で回し、擽ったさに思わず唇を開くと、すかさずするりと口腔に忍び込んできた。

「ぁ……ん、んぁ、あふ……」

口蓋の傷を気遣ってか、ジルベスターの舌はそろりと口中を弄《いじ》っていく。

ミリセントの舌先を捉え、ぬるぬると擦り合わせてくる。

「はぁっ……」

それだけで背中に淫らな痺れが走り、下腹部にじりっと官能の疼きが湧き上がる。

思わずジルベスターの首に両手を回して、抱きついた。

「んんっ」

今度は舌を絡め取られ、強く吸い上げられた。

「ふ、んふ……ん、ふぅ……っ」

思いの丈を伝えるような情熱的な口づけに、官能の悦びがいや増し、ミリセントはきゅーんと子宮の奥が痺れ、快感が迫り上がってくるを感じた。

「……あ、だめぇ……っ」

思わずミリセントの肩に手を置いて、押し戻そうとした。

わずかに唇を離したジルベスターが、心配げな表情になる。

「すまぬ、傷が痛んだか？」

ミリセントは弱々しく首を振った。

「いいえ、傷はもう痛くはないです……あの、違うの……キスが……」

「キスが？」

ミリセントは目を潤ませて訴える。

「悦すぎて……おかしくなりそう……」

ジルベスターが、やるせないような嬉しいような表情になる。

「あなたって——ああもう、可愛すぎるぞ、たまらない」

ジルベスターは再び唇を奪うと、今度は容赦なく舌を吸い上げてくる。

頭の中で甘い法悦が弾ける。

「んぁ、あ、んんん、んんんーっ……」

愉悦で意識が遠のき、媚肉がざわめいて熱い蜜を吐き出すのがわかった。

「や、だめ、や……ん、んん、あ、ん、んんぅ」

ミリセントはジルベスターの襟を両手でぎゅっと掴み、必死で抗《あらが》おうとした。

しかし、ジルベスターはミリセントの背中を抱き寄せ、後頭部に手を回し、抵抗できないようにして、思うままに口腔を貪ってきた。

「ふぁ、あ、ん、んんぅ、は、はぁ……っ」

息もつけないほど激しい口づけに、ミリセントの四肢からみるみる力が抜けていく。

せつない快感が下腹部を満たし、耐えきれないほど溢れてしまった。

「や、は、あ、は、んんんぅーっ」

やがて、ミリセントはくぐもった喘ぎ声を上げ、軽く絶頂を極めてしまう。

気が遠くなり、ぐったりと全身から力が抜ける。

その熱くなって崩れ落ちそうになった身体を、ジルベスターのたくましい腕が支えた。

やっと唇が解放される。

「――っ、は、はぁ、は……ぁ」

ミリセントは息も絶え絶えになって、快感の余韻を噛みしめる。

ジルベスターは、額や頬に口づけを繰り返し、赤くなった耳元で艶めいた声でささやいた。

「キスだけで、達ってしまったね？」

ミリセントは心地よさと気恥ずかしさに、まともにジルベスターの顔が見られない。

うつむきながら、小声で訴える。

「ひどいです、ジルベスター様……こんなにして……」

ジルベスターはふふっと吐息で笑う。

「あなたが嫌なら、しない。もう、キスはいやかい？」

ミリセントはかあっと顔に血が上るのを感じた。

弱々しく首を振る。

「ううん……キスは、好き……気持ちがおかしくなって、ぼうっとしてしまうけれど……ジルベスター様のキスは、だい好き……」

「ああもう、あなたこそ、私をおかしくしてしまうよ」

ふいにジルベスターは、ミリセントを抱いたまま立ち上がった。

「あなたが欲しい。今すぐ、欲しい」

彼は回廊から庭先に下りていく。

「あ——そちらはお部屋じゃ」

ミリセントが言いかけると、ジルベスターは口づけで言葉を奪う。

「んっ……」

口腔の感じやすい箇所を、ジルベスターの舌で擦られると、すぐに身体から力が抜けてしまった。

「待てないよ、ミリセント」

ジルベスターは馥郁《ふくいく》たる香りを放っているクチナシの茂みのそばの大木に、幹を背中にしてミリセントを下ろした。

「あ——」

何をするのかと思っていると、さっとミリセントの前に跪いたジルベスターは、スカートを大きく腰の上まで捲《めく》り上げてしまう。

「あ、きゃ……」

下履きを素早く引き下ろされ、剥き出しになった陰部に夜気がひやりと当たる。

「や、やめて……こんなところで……お外で……っ」

両手でスカートを下ろそうとすると、それより早く、ジルベスターの顔が股間に埋められた。

「ひゃぁうっ」

柔らかな内腿をねろりと舐められ、痺れる疼きが走って、腰がびくんと跳ねた。同時に媚肉もひくりと淫らに反応し、愛蜜が噴き溢れる。

「だめ、です、やめて……」

「動かないで」

小声で窘《たしな》められて、息を潜めてじっとする。

「そうだ。いい子だね。これから、うんといやらしくて気持ちのいいことをしてあげるんだから」

嵩張ったスカートのせいで、ジルベスターの顔がよく見えず、何をされるのか見当もつかない。つかないけれど、いやらしいことをされるという淫らな期待と不安で胸がドキドキする。

ジルベスターのしなやかな指が、花弁の左右に押し当てられ、くぷりと押し開いた。

「ひ……っ」

息を呑む。

「ああ、月明かりでも、あなたの花びらが濡れているのがよくわかるよ。クチナシの花よりも、ぷんぷんと甘い香りを放っている」

見えなくても、秘められた部分にジルベスターの視線が、痛いほど刺さっているのが感じられる。

「小さな尖りがゆっくり膨れてくる。私に見られて感じているんだね？」

「いや……言わないで。そんなこと……」

ミリセントは浅い呼吸を繰り返しながら、か細い声で懇願する。

「だめだよ。もっと見てあげよう」

ジルベスターの熱い吐息が秘裂を擽る。

それだけで、恥ずかしい箇所がかあっと熱く燃え上がってしまう。

「ひくひくしている。愛液が垂れるほどに溢れてきた――可愛いね」

ミリセントは次に来る行為を、ゾクゾクしながら待ち受ける。

きっと、先日のようにここを舐められるのだ。

妖しい期待に、内壁がうずうず蠕動《ぜんどう》する。

直後、ぬるりと柔らかいものが花弁に触れてきた。

「んあぁっ、あ？」

ぬるぬると濡れたジルベスターの舌が、花弁を上下に撫で回す。

それだけで、怖いほどに感じ入ってしまった。

「あ、あ、やめて……こんなところで……こんなの……あ、あぁ……っ」

身じろぎして、あえかな声で訴える。

「いつもより、さらに濡れてくる。あなたも興奮しているのだね」

ジルベスターが嬉しげな声を出し、溢れる愛蜜をちゅるりと吸い上げる。

「もうこんなにびしょびしょに濡らして、濃厚な甘酸っぱい匂いで酔ってしまいそうだよ」

「やめてください……言わないで……」

恥ずかしくて死にたいくらいなのに、屋外で禁忌な行為をしていると思うと、背徳感に全身が甘く痺れて、いつもよりもっと感じやすくなってしまい、心地よさが止められない。

「今から、あなたの一番気持ちいい、小さな蕾を舐めてあげるからね」

「あ、あぁ、いや……ぁ」

そう言いながらも、妖しい期待に腰が求めるみたいに前に突き出してしまう。

「はあっ、ああああぁぅっ」

ぷっくり膨れた陰核をぬるりと舐め上げられた瞬間に、凄まじい愉悦が背中を走り抜け、はしたなく達してしまった。あまりに感じ過ぎて、数秒は達したきり何も感じられないほどだった。

だが、執拗《しつよう》にそこをぬるぬると舐め回されると、再び強い快感が生まれてくる。

「ひやぁ、あ、あ、だめぇ、だめ……あぁ、あぁぁっ、あ、またぁ……っ」

びくんびくんを背中を震わせ、ミリセントは立て続けに達してしまう。

恐ろしいほどの快楽で、全身の毛穴がぶわっと開いてしまうような感覚だ。

「ああだめ、だめ、だめもう、だめぇ……っ」

背中を硬い木の幹に押し付け、白い喉を反らせてあえかな声で喘ぐ。

ジルベスターは秘裂をさらに指で押し広げ、秘玉の莢《さや》を舌で剥き、快楽の塊を直に舐め回してきた。

「あーっ、あー、あ、ぁ、や、許し……っ、あぁ、はぁああっ」

もうこれ以上はおかしくなってしまうと思うほど、感じ入ってしまい、ミリセントはいやいやと首を振り立てた。

同時に、内壁が物欲しげにひくつき、灼けつくような飢えが膨れ上がる。

「お願い……も、う、許して……ぁああ」

ぽろぽろ涙を零しながら、息も絶え絶えになって喘いでいると、ふ、とジルベスターの舌が離れた。

「あ……」

快楽地獄から解放された安堵《あんど》感《かん》と、まだ足りない蜜壺の欲望がない混ざって、ミリセントは呆然と声を失う。

ジルベスターが加虐的な声を出す。

「やめてというから、やめてあげたよ」

「……ぁ、あ、ぁ……」

焦れに焦れた媚肉が、痛いほどに疼いてミリセントを追い詰める。

ジルベスターがこちらを見上げてくる。

「もう、やめていいのかな？」

月明かりに青い瞳が妖しく光り、息を呑むほどに美しく悩ましい。

「……や……」

ミリセントはかすかに首を振る。がくりと首を垂れ、消え入りそうな声で言う。

「め、ないで……」

ジルベスターが嬉しげな声を出す。

「ああそうだ、素直なあなたがとてもいいね——では」

ジルベスターがおもむろに立ち上がる。

「後ろを向いて、お尻をこちらに向けてごらん」

「は、はい……」

もはや耐え難い官能の飢えを満たして欲しい一心で、ジルベスターの言いなりだ。

背中を向け、お尻を突き出す格好になる。

「もっとスカートをたくし上げて」

「こ、こう……？」

腰の上までスカートを捲り上げた。

下腹部が剥き出しになり、ジルベスターからはまろやかな尻も、綻び切った淫部も、ひくつく後孔まで丸見えだろう。

想像するだけで、あまりにはしたない格好で、なぜかよけいに身体の血が滾ってしまう。

「ああ、いい眺めだ。あなたのお尻は小さくて真っ白で、無垢そのものみたいに綺麗なのにん、その下に息づく秘密の花園の、なんて淫靡なことだろう」

ジルベスターが感に堪えないといった声を出すのが、官能の興奮に拍車をかけてくる。

媚肉がきゅうきゅう収斂し、飢えはますます耐え難いものになる。

「お、お願い……」

ミリセントは声を震わせる。

「ジルベスター様、お願い……もう、もう……」

言葉の代わりに、もじもじと尻を振り立てた。

「私が、欲しい？」

「……は、い……」

顔から火が出そうだが、この淫らな肉のうろを満たしてもらえないと、おかしくなってしまいそうだ。

「では、欲しいと言って、私を誘ってごらん。うんと淫らな格好で」

「え、え？　そんなの……」

ミリセントは狼狽える。

男性を誘惑する方法など、知らないというのに。

「あなたの思うまま、私を欲しいという気持ちを見せて欲しい」

「あ……あぁ、あ……」

極度の緊張と興奮で、両足が生まれたての子鹿みたいにがくがく震えた。

ミリセントはそろそろと両手を背後に回す。

生まれて初めて、自分の秘所に触れる。

ぬるりと指が滑る感触に、我ながらどきりとした。

ミリセントはおそるおそる、綻んだ花弁を指先でまさぐった。

思ったより弾力のある媚肉が、忙しない呼吸に合わせてひくひく慄く。

濡れ果てた蜜口を、そっと掻き回してみる。

「あっ……ん」

浅瀬に及び腰で触れていると、心地よさが生まれてくる。

でも、ぜんぜん足りない。

もっと太くて硬いもので埋め尽くしてほしいのだ。

「んん、ん、あ、あ、ぁ」

ミリセントは細い指で、自分の陰唇を左右に押し広げた。

すうっと冷たい夜の空気が侵入してきて、ぶるりと腰が震える。

羞恥で気が遠くなったが、それがまた官能の興奮の炎に油を注ぐ。

くぱぁとひらいた花弁から、たらたらと粘ついた愛蜜が吹《ふ》き零《こぼ》れるのがわかる。

「ジ、ジルベスター様……お、お願いです……私のここに……」

花弁を見せつけるようにして、腰をさらに突き出す。

目をぎゅっと瞑り、一気呵成《いっきかせい》にはしたないおねだりを言い終える。

「私の、恥ずかしいところに、ジルベスター様の、熱くて硬いものを、ください……どうか、お願い……」

背後でジルベスターが大きく息を吐く気配がした。

そして、じりじりと近づいて来る足音も。

「ミリセント——なんて猥りがましくて、いやらしく、美しい光景だろう。無垢なあなたが、官能の欲望の虜になって、全身全霊で私を求めてくるその姿——ああ、たまらない」

真後ろにジルベスターが立ち、衣擦れの音がする。

ミリセントは、はしたない期待に、濡れ襞がきゅんと締まるのを感じた。

ひやりとしたジルベスターの手が、尻に触れてきて、丸い曲線を辿る。

焦らすようなその動きに、肌が灼けつくように熱くなる。

「両手を前に付いて」

声をかけられ、素直に両手を木の幹に置いた。

ぬるっと熱くみっしりした肉塊が、秘裂に押し当てられた。

「は、あ、ん」

待ち焦がれた感触に、悩ましい鼻声が漏れてしまう。

「これが、欲しいんだね？」

ジルベスターは、太い先端でぬるぬると割れ目を擦る。

「んぁ、あ、は、そ、そう……です、ああ、お願い……」

ミリセントがもどかしげに腰を揺すると、ジルベスターがわずかに腰を引く。

亀頭の先が、触れるか触れないかの強さで陰唇を撫で回す。

「あ、もう、もう、だめ……ぇ、お願い、挿入《い》れてくださいっ」

ミリセントは我を忘れて懇願した。

「ああ、ジルベスター様、早く挿入れて、満たして、思い切り突いて……あぁ、私を、めちゃくちゃにしてくださいっ」

「っ、ミリセント」

刹那、狭い入り口をぐぶりとくぐり抜け、太竿が一気に押し入ってきた。

「あ、ああああぁっ、あ、あぁ、あぁぁあーっ」

最奥までずん、と深く抉られ、ミリセントは待ち望んでいたものに満たされ、あっという間に絶頂に達した。

　根元まで欲望の剛直を突き入れたジルベスターは、そのままがつがつと腰を打ち付けてきた。

「ひあ、あ、ああ、当たる、奥、あ、当たるのぉ、ごんごん、って……っ」

　ジルベスターの激しい勢いに耐えようと、ミリセントは必死で両手を突っ張った。

「ああ、深っ……すごい、あぁ、すごい、です……っ」

　初めての後背位に、向かい合わせで挿入される時と、また違った箇所が擦り立てられ、それが新鮮で深い悦びを生み出す。

　特に、傘の開いた先端が、膨れた陰核を擦り上げるようにして、内壁の天井を押し広げてくる感じが、たまらなく心地よい。

「く――きつくて締まって、食いちぎられそうだ。こんなにも、私を待ち焦がれていたんだね」

　ジルベスターは、ミリセントの細腰を両手で抱えると、亀頭の括《くび》れまで引き抜き、媚肉を擦り上げては子宮口まで突き上げる行為を繰り返す。

「はぁっ、あ、そう、です……ジルベスター様が、欲しくて……おかしくなりそうでした……あ、あぁ、凄……いっ」

　最奥を突かれるたびに、脳芯に直に響くような激しい快感が襲ってきて、もう何も考えられなくなる。

ジルベスターへの愛情と官能の悦びがひとつになり、繋がった箇所からトロトロに蕩けてひとつになってしまいそうで。

「ああん、好き……あぁ、ジルベスター様、好き、だい好き、愛してる……っ」

甲高い嬌声と共に、愛の言葉が惜しげなく飛び出してくる。

「私も愛している——こんなに愛おしいと思ったのは、あなたひとりだ——ミリセント、愛しているよ」

ジルベスターも応じてくれて、粘ついた水音を派手に立てながら、さらに律動を速めていく。

「はぁ、あ、はぁ、あ、あぁ、あぁぁ……っあん」

「可愛い、可愛いミリセント、まだ奥へ私を引き込もうとする。あなたはどんどん悦くなるね——素晴らしいよ」

「んあぁん、んんあ、あ、ジルベスター様ぁ……っ」

そうなのだ。

ほんの数日まえは、男を知らない無垢な身体だった。

それが、ジルベスターによって、こんなにも淫らであさましい肉体に変えられてしまった。

恥ずかしいけれど、嬉しい。

男女の交感が、こんなにも心地よく素晴らしいものだと教えてくれたジルベスターに、愛情と感謝が際限なく湧いてくる。

「――まだ感じられるよ。こうすれば――どうかな？」

深々と貫きながら、ジルベスターは片手をミリセントの股間に回し、ぬるぬるになっている結合部をまさぐった。

「ひぃぅっ？」

一瞬頭の中で、真っ白な媚悦の閃光《せんこう》が煌めいた。

濡れた指が、充血した陰核を転がし、太棹《ふとざお》が内壁を強く擦り上げると、鋭い快感と重く深い悦楽が渾然一体となって、どうしようもないほど感じてしまう。

「い、やあ、あ、あ、だめ、だめぇ、これ、だめぇ、やめてぇ……っ」

ミリセントは、いやいやと艶やかな髪を振り乱した。

「やめない――あなたをだめにしてあげる」

ジルベスターは深く繋がったまま、ミリセントの身体を抱えて引き起こし、立ったままの格好でずぶずぶ抽挿を繰り返す。同時に、結合部から溢れた蜜を指で掬い取っては、官能の塊の秘玉に擦り付ける。

「あぁ、あ、も、あぁ、もう……やぁ、達く、あ、また、達く、あぁあっ」

ミリセントの理性は崩壊し、ひたすら与えられる快感を貪る雌に成り果てていた。

「気持ちいいか？　悦いか？　ミリセント」

耳元でジルベスターが熱い息とともにささやき、舌先を敏感な耳殻に這わせてくる。

全身が性感帯になってしまったようで、ジルベスターに触れられると快感に拍車がかかり、目の前にちかちか絶頂の火花が炸裂《さくれつ》した。

「んあぁ、あ、い、いい……あぁ、気持ち、いい、いい、すごく、いい……っ」

官能の嵐が羞恥心を霧散し、ミリセントは感じるままに声を上げた。

身体全体が浮き上がるような愉悦は、ミリセントの心の苦しみも悲しみもすべて消し去ってくれる。

底なしの快楽に堕《お》とされるこの一瞬、もう死んでもいいとすら思う。

「あ、あぁ、あ、ジルベスター様、あぁ、私、どこかに、飛んでいってしまいそう、ああ、お願い、強く抱いていて……はぁ、あ、あ、また、来るっ……」

最後の大きな快感の波が押し寄せてくる。

ミリセントはぎゅっと目を瞑り、内腿をぶるぶる震わせる。

「ああミリセント——離すものか、離さない——一緒に」

ジルベスターがぎゅっと腰を抱きしめ、最後の仕上げとばかりにがむしゃらに腰を打ち付けてきた。

「はぁ、あ、はあぁあっ」

自分のあられもない声、乱れた呼吸、ぬちゅぬちゅという淫猥な水音、ジルベスターの荒々しい息遣い——全てがひとつになり、二人は高みに上っていく。

「あ、だめ、あ、も、あ、も、あ、あぁぁ、あぁぁぁぁあっ」

ミリセントの腰が大きく跳ね、両足がぴーんと硬直した。法悦の波が身体の隅々まで行き渡っていく。

ひくひくと媚肉を忙しなく収縮させて、ミリセントが達すると、直後にジルベスターが低く唸って熱い精を放出した。

「くっ――」

びくびくと最奥でジルベスターの欲望が慄き、お腹の中にじんわりと熱いものが広がっていく気がする。

「……はぁ、は、はぁ……ぁあ……ぁ」

全身から力が抜けもう指一本動かせないのに、内壁は快楽の余韻にひくついて執拗にジルベスターの肉胴を締め付けてしまう。

「――はあ――は、ミリセント」

耳孔に荒い呼吸を吹き込みながら、ジルベスターが満足げな声を出す。

「とても感じたね？　私もだ――あなたは、抱くたびに悦くなる。たまらないな」

その艶めいた声にすら甘く感じ入って、蜜壺は名残惜しげにぴくぴくする。

「……愛しています、ジルベスター様……」

至上の幸福に包まれながら、ミリセントもささやき返した。

第四章　短い蜜月とその終わり

数日後。

皇帝ジルベスターが、ひと月かけて皇国の地方視察を行うことが公布された。

彼が皇帝の座に就いてから、初めての地方視察である。

かねがねジルベスターは、皇国の政治経済文化などが、首都一局中心に集中することを憂えていた。

今までの皇帝は、自分が居住する首都の発展に目が行きがちで、地方の政治には力を注いでこなかった。このままでは、首都と地方との乖離《かいり》が進んでしまう。

ジルベスターは、まず自分の目で地方行政の実態を見て回りたいと思っていたのだ。

だが多忙に紛れ、なかなか実現しなかった。

それがここで決行することにしたのは、ひとえにミリセントの存在があったのだ。

ミリセントにもっと広い世界を見せてやりたい。

彼女とともに、同じ景色を見たい。

聞けばミリセントは、嫁いでくるまでは不治の病のせいもあり、避暑で別荘に行く以外はずっと、城の狭い一室に閉じ込められるように暮らしていたという。

彼女の透明な魅力は、まだなにものにも染まっていない無垢さにあるとはいえ、短い寿命のせいですべてを諦めきっていたというのなら、あまりに哀れだと思った。

逆に、真っ白なミリセントの心なら、新しい世界の刺激をいくらでも吸収していくだろう。それが、彼女にとって大きな人生の財産になるだろう。

地方視察にミリセントも同行させることを打ち明けると、初め彼女はぽかんとしていた。

「え？　私なんかがお供しても、お役に立てることなんかありますか？」

ジルベスターは大きくうなずく。

「もちろんだ」

ミリセントは考え込むような顔つきになった。

「でも――私は、この国の政治について無知ですし。足手まといになるだけでは？」

控えめな彼女の性格が遠慮させているのかと、ジルベスターは言葉に力を込める。

「無知ならば、これから学んでいけばいいだけだろう？　私はあなたを生涯の伴侶としたいと思っているのだから、私が経験することを、あなたも共に感じて欲しい」

ミリセントが目を見開いた。

「生涯の……伴侶？」

「もちろんだ、あなた以外の女性など、考えられない」

てっきり喜ぶと思いきや、ミリセントの顔色が暗くなる。

そして、彼女はうなだれて弱々しく首を振った。

「そんなの……無理です」

ジルベスターは意外な答えに、気持ちが昂ぶってくる。

「何を言うか？　あなたは私を愛しているのだろう？」

ミリセントはこくんとうなずく。

「私もだ。それならば――」

ミリセントが青ざめた顔を、さっと上げた。

「すぐに死んでしまうのに……？」

言葉を断ち切るように言われ、ジルベスターは声を呑む。

ミリセントのアメジスト色の瞳が熱を帯び、悲壮感に潤んでいる。

「生涯の伴侶など、無理です……」

ジルベスターはかあっと気持ちがはやった。

「またそのようなことを言う。前にも言ったろう？　人間は皆、明日をも知れぬ命なのだと」

ミリセントは視線を逸らさず、声を震わせる。

「わかっています。それでも――いつ命が終わるか知れぬのと、期限が切られているのとでは、ぜんぜん違うものなのです」

ジルベスターは、後頭部をいきなり殴られたような衝撃を受ける。

ミリセントは涙をいっぱい溜めた目で、見つめてくる。

「ジルベスター様は、私に甘い夢を見させてくださる。それは本当に嬉しくて嬉しくて……私は自分の寿命を忘れてしまうときもあります。でも――」

ミリセントの片方の目から、つつーっと涙が一筋零《こぼ》れ落《お》ちる。

「やっぱり、私はあと二年で死んでしまう……それは事実なのです」

「ミリセント――」

ジルベスターは言葉を失う。

そして、自分の見識《けんしき》の甘さを自覚する。

人間は皆、いつ死ぬかわからない――そんなありきたりの一般論で、ミリセントの気持ちを救った気でいた自分が、あまりにも愚かしいと思った。

か弱そうに見えて、ミリセントは壮絶なほどの精神力で、自分の命と向き合っているのだ。

ジルベスターは深く強い感動に包まれていた。

何が無知で真っ白な心なものか。

これほど勇気を持って生きている乙女が、他にいるだろうか。

腹の底から、愛おしさが込み上げてくる。

ミリセントが強い覚悟で現実と向き合っていることに感銘を受け、ジルベスターは居住まいを正した。

「よくわかった。だが、その上で、私はあなたに同行を望む」

ミリセントが物問いたげな表情になる。

ジルベスターはミリセントの両手をそっと握った。

「軽々しく、生涯の伴侶、などと口にした。だが、この気持ちは変わらない。だから、あえて言う」

ジルベスターはまっすぐミリセントの瞳を見つめた。

「あなたを愛している。いつもあなたと一緒にいたい。あなたにそばにいてほしい。それがたとえ――」

その先を口にするとき、胸が抉られるように痛んだ。

「二年という期限付きでも、かまわない。あなたと一秒一秒を大切に、生きていきたい。あなたの願いを私は全力でかなえよう。だから、どうかあなたも私の願いをかなえてほしい」

最後まで言い切り、瞬《まばた》きもせずにミリセントを凝視した。

「――ジルベスター様」

ミリセントは耐えきれないように、ほろほろ涙を零す。

「そこまでの御決意ならば、私はもうなにも言いません。私はこの寿命のすべてを、あなたとともにいることに捧げます」

「ミリセント」

「嬉しい……ジルベスター様……嬉しい」

肩を震わせて咽《むせ》び泣《な》くミリセントを、そっと抱き寄せた。

なんと小さくか細い。

愛しくてせつなくて、ジルベスターは胸が詰まる。

そして、硬く決意する。

絶対にミリセントを治してやる。そのためなら、悪魔に魂を売ってもかまわない。

すすり泣いていたミリセントが、濡れた顔を上げ、ふわっと花が開くように微笑んだ。

「ほんとは――ご一緒に旅ができたら、どんなに楽しいだろうと、ずっと思っていたんです。私、この国のこと、何も知りません。ジルベスター様といっぱいいっぱい、色々なものを見て、知って、ああ、どんなに素敵でしょう」

ジルベスターはその笑顔に、心が鷲掴《わしづか》みにされる。

心を込めてミリセントの額や頬に口づけをしながら、優しくささやく。

「ああ、いっぱい新しい経験をさせてやる」

ミリセントが心から嬉しそうに笑う。

なんという眩しい笑顔。

この笑顔をずっとミリセントに与えたい。

死なせるものか、と再び強く自分に誓うのだった。


翌日の午後、ジルベスターは私室に数人の医師を集めていた。

国でも有数な医師たちである。

「どうだ？　かねてより命じてあった、ミリセントの心臓に取り付いた寄生虫を駆除する方法は見つかったか？」

ジルベスターの言葉に、医師たちは顔を見合わせ、無言でいた。

その様子に、ジルベスターは失望を隠せない。

「なにも、手立てはないというのか？」

と、ひとりの老齢な医師が手を挙げた。

「恐れながら陛下。噂では、特効薬はあるという話です。その薬を服用すれば、心臓に取り付いた虫だけが死ぬそうです」

ジルベスターはぱっと表情を明るくした。

「その薬を手に入れればいいのだな？」

老齢の医師がかすかに首を振る。

「ですが、めったに手に入らない薬だそうで、この国にはまだ存在が確認されておりません」

ジルベスターは眉を寄せる。

「それでも、手に入れるのだ。さもなくば、その薬を作る方法でも良い。あらゆる手段を使って、薬を探すのだ！」

ジルベスターの厳しい声色に、医師たちはかしこまって頭を下げた。

「かしこまりました！」

ジルベスターは焦燥を隠しきれない。

「一刻も早くだ」


一週間後、皇帝ジルベスターとミリセントは、旅の支度を整え、皇城の正門から出立した。

ミリセントの侍女のフリーダと、ジルベスターの愛犬のゼーダもお供することになっている。

正門前には、留守居を預かる宰相ゴッデル始め家臣たちが勢ぞろいして、見送りに並んでいた。

それに加えて、前第一妃、前第二妃、そして後宮に住まう女性たちもずらりと見送りに揃っている。

皇帝陛下の視察ということで、相当数の荷物用の馬車から、皇帝陛下とミリセントの侍従たちやお抱えの医師の乗る馬車が付き従う。そして、大勢の屈強な騎馬兵たちが、馬車の周りを護衛している。

小さな粗末な馬車で、わずかなお供を連れてこの国に嫁いできたミリセントは、この豪勢な旅支度に目を丸くしてしまう。

皇室用の馬車の前で、ジルベスターは簡単な挨拶をした。

「では行ってくる。こまめに伝令を入れるように。こちらからも、連絡は密に取る。皆でしっかりと、この城と首都を守るように」

「かしこまりました。どうぞ、陛下、存分に見聞を深めて下さいまし」

宰相ゴッデルが恭しく頭を下げ、家臣一同それに倣う。

「皇帝陛下が正妃でもない後宮の側女を旅に同伴するとは、時代も新しくなったものよのう」

ふいに、前第一妃第一妃エリゼが聞こえよがしにつぶやいた。

ミリセントはかあっと顔に血が上るのを感じて、うつむく。

すかさず、第二妃インゲルトがたしなめるそぶりをする。

「エリゼ殿、もはや私たちは古参ということですわ」

「おおそうですね。陛下、年寄りの失言と、お見逃しくださいい」

二人がふふっと嫌な笑い方をした。

ジルベスターはかすかに眉を上げたが、旅の出立を不穏なものにしないようにと自制したのか、鷹揚にうなずいた。

と、後宮の女性たちの列の中から、ぱっとアガーテが飛び出してきて、ミリセントに抱きつこうとした。

「いってらっしゃい、ミリセント！　道中気をつけて」

護衛兵がアガーテを阻《はば》もうとしたが、ジルベスターがすかさず命令する。

「よい、好きにさせよ」

ミリセントはジルベスターに感謝の視線を投げ、アガーテを抱き返した。

アガーテは感極まったのか、涙声で言う。

「ああ、旅ができるなんて羨ましいわ！　いっぱいいっぱい、いろいろなものを見てきて、ご無事で帰ったら、私に全部お話ししてね！」

「もちろんよ、アガーテ、土産話を待っていてちょうだい」

ミリセントも少し感傷的な気分になってしまう。

ジルベスターは二人の乙女の友情を微笑ましそうに見ていたが、侍従が目配せをしたので、ミリセントに声をかけた。

「ミリセント、そろそろ馬車に乗ろう」

ミリセントはアガーテと頬に口づけし合い、手を離した。

「はい」

ジルベスターの差し出した手に自分の手を預け、馬車に乗り込んだ。

馬車の内部は広くて豪奢《ごうしゃ》な作りで、座席も長旅用に横になれるほどの広さで座り心地もよい。

ミリセントの小柄な身体がふかりと沈んでしまうくらい、柔らかなクッションだ。

その後から、ひょいとゼーダが飛び乗ってきた。彼は床に伏せの姿勢になる。

ミリセントの隣に寄り添うようにジルベスターが座り、馬車の天井をこつこつと叩いて声をかける。

「出立せよ！」

がたん、と馬車が動き出した。

ミリセントは馬車の窓を開け、顔を出す。

正門の境界ぎりぎりまでアガーテが出てきて、千切れんばかりに手を振っていた。

「アガーテ、いってきます！　いってきます！」

ミリセントも夢中になって手を振り返した。

その様子を、ジルベスターが目を細めて見ている。

「あなたは後宮で、よい友だちを得たのだな」

アガーテの姿が豆粒ほどにも小さくなると、ミリセントはようやく窓を閉めた。

そして、少し涙ぐんだ顔でジルベスターに振り返る。

「はい、アガーテは私の親友です。いつも明るくて元気がよくて、夢に溢れていて、ほんとうにうらやましいです」

しみじみつぶやくと、ジルベスターがかすかに憂い顔になる。

彼はそっとミリセントの肩を引き寄せた。

「楽しい旅にしよう。無論、本来の視察の目的が第一だが、それに加えて、あなたを楽しませるというのが、第二の目的なのだからね」

ミリセントはジルベスターの思い遣り溢れる言葉に、甘えるように彼の胸に頭を預ける。

「はい」

ミリセントの胸は、ジルベスターへの愛情と、これから見聞するであろう未知の旅への期待でいっぱいだった。


首都を出た皇帝一行は、まずは国の中央に連なる山脈のひとつの山を越え、西の地方視察へと向かった。

ミリセントの祖国は熱帯乾燥地帯で平地が多く、高い山は皆無だ。昔避暑に行っていた別荘の山も、子どものミリセントでも容易に登れるくらいの高さだった。

だから、街道の向こうに長く連なる山々が見えてきた時は、ほんとうに驚いた。

「ああ、ジルベスター様、山が真っ白です！　お砂糖をかけたケーキみたいです。なんて綺麗！」

ミリセントは窓から身を乗り出さんばかりにして、目の前に迫ってくる山々の風景に夢中になる。

背後から、ジルベスターが笑いながら腰を支えてくれた。

「ミリセント、そんなに乗り出しては落ちてしまうよ。これから、あの山の一つを登っていくのだから、いくらでも景色が見られるから」

ミリセントは我を忘れてしまったことを少し恥じ、席に戻ったが、まだ興奮は醒《さ》めやらない。

「どうして白いんですか？　山は木が生えているから、緑とか茶色になるものではないですか？　白い木が生えているのですか？」

無邪気に尋ねると、ジルベスターが一瞬目を見開き、それから白い歯を見せて、はははと笑う。

「ミリセント、あれは雪だ。高い山の上は空気がとても冷たくて、雨粒が凍って雪が降る。それが積もって白く見えるのだよ」

「あ、あれが雪……ですか？」

ミリセントは羞恥に耳朶まで赤く染めた。

雪というものの存在は本で知っていたが、実際にはどのようなものかは見たことがなかったのだ。

ジルベスターに笑われて、己の無知を恥じる。

「私ったら……愚かしいことを言って、みっともなくはしゃいで……」

しゅんとしてしまうと、ジルベスターの手が顎にかかり上向かせた。

あ、と思った瞬間、ちゅっと唇に口づけされる。

ジルベスターが慈愛のこもった眼差しで見つめてくる。

「笑ったりして悪かった。でも、馬鹿にしたのではない。あなたの反応がとても新鮮で面白くて——いいのだよ、知らないことをいっぱい知るための旅行だ。あなたが思うままに感じてくれる方が、私も嬉しい」

ミリセントは心がきゅんと甘く疼き、こくんとうなずく。

「はい」

ほどなく山の麓に到着した一行は、ここで馬車の車輪を、滑り止めがついたものに付け替え、ゆっくりと山を登り始める。

ジルベスターはミリセントと一緒に窓の外を眺めながら、いろいろ教えてくれる。

「この山は、山脈の中でも一番低い山なので、安全に山越えが出来るんだ。山頂付近に辿り着いたら、一回休憩をしよう」

「はい。では、馬車を降りてもいいのですね？」

「いいとも。雪というものに触れられるよい機会だよ」

「わあ、楽しみです」

なにを見ても聞いても、初めてのことばかりで気持ちが浮き立ってしまう。愛するジルベスターと一緒なのだから、よけいに楽しくてしかたない。

山の中腹まで来ると、ジルベスターは向こうのひときわ高い山を指差した。

「あれがわが国で最高峰の山だ。標高があまりに高く険しいので、今までほとんど山頂に辿り着いた者はいない。今まで数多くの登山家が挑戦し、遭難して命を落としている。常に天気が悪く霧が立ち込め、雪が吹き荒れるので、巷《ちまた》では『魔女の山』と呼ばれているんだ」

「『魔女の山』……」

ミリセントは、天に槍《やり》をつくような形でそびえ立っているその山を、まじまじと眺めた。

「ちなみに、今我々が登っている山は、気候が穏やかで天気も常に良く、『天使の山』と呼ばれている」

ジルベスターの話に、ミリセントは首を傾ける。

「山たちに名前はないのですか？」

「山に名前？　面白いことを言うね。そうだな、通称しか無いな」

ミリセントは思いついたことを言う。

「名前があると、なんだか親しみが湧きます。『魔女の山』なんて呼ばれては、山も気を悪くして、よけいに天気を悪くしてしまうのではないでしょうか？」

ジルベスターは満面の笑みになる。

「面白いね、なるほどな。では、あの『魔女の山』には何とつければよいのかな？」

ミリセントも笑い返す。

「それはもちろん、国一番の高い山なんですから『皇帝《カイザー》』ではないでしょうか？　堂々とそびえ立って、とても立派な感じがします」

「ふむ、なるほど。では、今登っているこの山は小さくて可愛らしいから、『ミリセント』と名付けよう。『天使の山』にぴったりだ。うん、いいね。城に戻ったら、早速、山に命名するとしよう」

「え、うそ、そんな……」

思いつきで言ったのに、ジルベスターが真面目に受け取っているので、ミリセントは逆に焦ってしまう。

「わ、私などの名前を、国の山につけるなんて……」

ジルベスターの片手が、ミリセントの髪を優しく梳き下ろす。

「何も問題ない。この山は、未来永劫《みらいえいごう》、『ミリセント』だ」

「あ……」

ミリセントは喉元まで込み上げてくるものに、声を失う。

思わず唇を噛み締め、嗚咽を堪える。

ジルベスターがハッとしたように、ミリセントの肩を引き寄せた。

「どうした？　気分が悪いのか？」

ミリセントは首を横に振る。

「い、いいえ……違うの……感動してしまって……」

「感動？」

ミリセントは鼻をくすんと鳴らし、笑顔を浮かべた。

「だって、ずっと私の名前が残るんですよ。何ものも成し得ない、何も残せないと思っていた私なのに……この国の人々が、この山の名前を口にするたび、私はそこに蘇ることができるんです。ああ、なんて素晴らしいんでしょう！」

ミリセントは胸の前で両手を握りしめ、潤んだ瞳でジルベスターを見つめた。

「ジルベスター様、ありがとう。私の望みが、どんどんかなっていく。嬉しい、嬉しすぎて、どう言葉にしたらいいか、わかりません」

ジルベスターが感に堪えないような表情になる。

ふいに彼がぎゅうっと抱きしめてきた。

ミリセントは広い胸に強く抱かれて、息が詰まりそうになる。

ジルベスターはミリセントの髪に顔を埋め、くぐもった声で言う。

「あなたは——あなたという人は。こんなことで、あなたがこんなにも喜ぶのなら、私は何でもしよう。そう、国中の物という物に、あなたの名を刻み付けたいくらいだ」

ミリセントは驚いて、そっとジルベスターの身体を押しやり、真剣に言う。

「それはダメです！　全部私の名前になったら、皆が混乱してしまいます。ひとつだけでいいんですから。それ以上いりません」

ジルベスターの顔が、泣き笑いみたいにくしゃっと歪《ゆが》んだ。

彼は今度は壊れ物を扱うみたいに、そっと抱き寄せてきた。

「ミリセント、ああ、なんて可愛いらしいのだ。可愛い、可愛い、愛しい。私のミリセント、あなたを愛して、ほんとうに私は幸せだ」

甘い言葉に、ミリセントの動悸《どうき》が速まってくる。

大陸の覇者たるハイゼン皇国の皇帝陛下が、こんなにも手放しで愛を口にしてくれるなんて、まだ夢の中にいるようだ。

でも、自分を抱きしめるたくましい筋肉や熱い体温の感触は現実で、これは嘘ではないのだ。

ジルベスターが幸せだと感じてくれることが、ミリセントの幸福であると、しみじみ思う。

昼過ぎに、山頂に到達した。

一行は、ここで昼の食事を摂《と》り、一休みすることになった。

先に馬車を降りたジルベスターが、ミリセントに手を差し出した。

「さあ、ミリセント降りて、あたりの景色を見てごらん」

ジルベスターの手を借りて馬車を降りたミリセントは、声を失う。

目の前は、山道以外はうっすらと雪が積もり、一面真っ白だ。

空はどこまでも青く澄み、雪原の純白とくっきり美しい対比を成している。

「あ……ああ……」

生まれて初めて見る雪景色に、心まで真っ白に染まっていきそうだ。

後ろからゼーダが飛び出してきて、雪原をわんわん吠えながら走り出した。

「まあ、ゼーダがあんなにはしゃいで……」

「犬というのはどうも、雪が好きなようだ。雪のあるところに来ると、あいつはいつも大騒ぎだよ」

ゼーダは雪の上に足跡を残しながら駆け回り、こちらに向かって誘うように吠える。そんなゼーダの様子に、ミリセントもわくわくしてくる。

「……あの、雪に触れてみても、よいですか？」

おそるおそるジルベスターに尋ねると、彼は頷き、手を握ったまま山道を外れ、雪原に導いた。

「雪は滑るから、気をつけて」

「は……い」

ジルベスターの足元にゆっくりとしゃがみ、そっと雪に手を伸ばす。

ひやりとした冷たさに、一瞬びくりとしたが、そのまま掌に雪を掬ってみた。

さらさらした冷たい雪が、指の間から溢れ、日の光を受けてきらきら細かい宝石みたいに輝く。そして、掌の上の雪は、じわりと溶けて透明な水になる。

「あ、あぁ、冷たい、でも、さらさらして……あぁ、雪が溶けて、雨に戻っていきます」

ミリセントは夢中になって、何度も雪を掬っては零した。

ふいに、ふわりと温かいものが肩に掛けられた。

「寒いだろう、風邪を引いてはいけないからね」

ジルベスターが自分の上着を脱いで、着せ掛けてくれたのだ。

全身を覆ってしまいそうな大きな上着にぬくぬくと包まれ、ミリセントは気持ちまでほっこりする。

「うふ、温かいです」

そうやって、いつまでも雪に触れていたら、掌が真っ赤になってしまった。ジルベスターが気遣わしげに声をかけてきた。

「ミリセント、いつまでも触っていると、霜焼けになるぞ」

「しもやけ？」

「手が痒《かゆ》くなってくるんだ。そろそろ、馬車に戻って食事をしよう」

「はい……」

名残惜しいが、立ち上がった。

ジルベスターが、先に馬車に向かって背中を向けた。

ミリセントは掌に残っている雪を見つめ、ふと、悪戯心が湧く。

「ジルベスター様」

呼びかけると、ジルベスターがふと振り返る。

その顔めがけ、手にしていた雪を丸めて投げつけた。

ふざけたつもりが、雪玉は見事にジルベスターの顔に命中してしまった。ぱしゃっと、雪玉がジルベスターの顔で弾け、彼の顔が雪まみれになる。

「あっ」

まさか命中すると思っていなかったので、ジルベスターより、自分の方が驚いて声を上げてしまう。

ジルベスターは一瞬、きょとんとした表情になった。

そんな顔の彼を初めて見る。

ミリセントは気を悪くさせたかと、おろおろして、

「ああごめんなさい、ちょっとふざけようとして……」

するとジルベスターは、にやりとした。

「これは一本取られたな」

彼は身を屈めると、素早く手で雪玉を作り、ぽーんとミリセントの方に放って寄越す。

頭の上にぶつかった雪玉が、ぱっと砕けた。

「きゃっ、冷たい」

ミリセントは頭の粉雪をぶるっと振り払い、負けじと自分もしゃがんで雪玉を丸めた。

「えいっ」

ジルベスターに投げつけると、今度は上手にかわされてしまった。

「はは、私の番かな」

彼がまた雪玉を作って投げてくる。

ジルベスターの制球は完璧で、ミリセントの頭にぽん、と当たる。

「もうっ」

ミリセントはむきになって、雪玉を作ってはジルベスターに投げつけた。

その度、ひょいひょいとかわされ、逆にジルベスターの投げる雪玉は百発百中、ミリセントに当たってくる。

二人の楽しげな様子に、ゼーダがわんわんとはしゃいで二人の周りを駆け巡る。

二人はしばらく、息が切れるまで雪投げを繰り返した。

しまいには、ミリセントは雪まみれになってしまい、悲鳴を上げる。

「ああ、ジルベスター様、降参、降参です。もう、投げられません、降参」

ジルベスターが機嫌良い声で笑う。

「そうか、降参か。では、これからは私の言うことをなんでも聞くな？」

「聞きます、聞きま……くしゅんっ！」

くしゃみが飛び出すと、ジルベスターがさっと走ってきてミリセントを横抱きにした。

「いかん、やりすぎたか？　冷えたろう？　馬車の中へ戻ろう」

「いいえ、大丈夫です。ふふっ、楽しかったです」

「そうか——私も、雪投げなど十何年ぶりにしたよ」

二人は頬を赤く染め、笑いながら見つめ合う。

と、

「ごほん」

小さく咳払《せきばら》いする声がした。

「あの——そろそろお食事になさりませ、姫君。陛下も、皆が食事できずにお待ちしております」

フリーダが近くに立っていた。

気がつくと、山道から同行した侍従たちや兵士たちが全員、こちらを呆《あき》れたような顔で見ていた。

「あ」

「あ」

ジルベスターとミリセントは顔を見合わせ、さらに赤面した。

それからお互いのおでこをこつんとくっつけて、くすくす笑い合った。


その後、皇帝の地方視察一行は、滞りなく日程を消化していった。

広大な領土を誇るハイゼン皇国を、ジルベスターは北の雪を抱く山から、南の灼熱の砂漠、中央草原地帯の大小の湖と、もれなく視察して回った。

ジルベスターは、どの地方の民たちとも真剣に向き合い、政治経済生活などについて、詳しく調査していく。皇帝になってからずっと首都にとどまっていたジルベスターにとって、今回の視察は視野を広げる良い機会であるようだ。

祖国の王城で狭い部屋に閉じこもるようにして生きてきたミリセントにとっては、見るもの聞くもの触れるもののすべてが初めてで、新鮮だった。

毎日は驚きと感動に包まれた。

そんなミリセントの様子を、ジルベスターは目を眇めて優しく見守っていた。

いよいよ視察は最後の地、東の太平沿いの地域に入った。

内陸国生まれのミリセントは、海というものを見たことがない。

初めて海岸線に出て、広い水平線を目にした時は、驚愕《きょうがく》して声も出なかった。

「ああ……あれが、海、ですか」

馬車の窓から海を見つめ、ミリセントは息を呑んだ。

「どこまでも水ばかり……向こう岸が見えません」

「あの水平線の向こうにも、ここことは違う大陸がある。灼熱で未開の地だ。わずかな現地人が生きているだけの、広大なジャングルのある土地だ」

傍に寄り添ったジルベスターが説明してくれる、

「信じられません。まだまだ世界がこんなにも広いなんて……」

ミリセントはほうっとため息をつく。

「私は今まで、なんて狭いところで生きてきたのでしょう。自分があまりに無知でちっぽけで、恥ずかしいくらいです」

ジルベスターが、そっと背後から肩を抱く。

「それは私も同じだよ」

「そんな――ジルベスター様のお若さで、これほど見識の広い方などおりませんでしょうに」

「いや、それは違う」

ジルベスターが首筋に唇を押し当ててきた。擽ったくて、ミリセントは身を竦める。ジルベスターはちゅっちゅっと、うなじや首筋に口づけをしながら、ひそやかな声で言う。

「あなたに出会うまで、私は男女の愛について何も知らなかった。あなたに出会って、世界がまったく違うに色に染まったよ。あなたの目を通して世界を見ると、モノクロだったものが極

「そんな……それは、私も同様です。紙芝居みたいに薄っぺらだった私の人生が、ジルベスター様のおかげでくっきりと、ちゃんとした形になって浮かび上がってきました」

二人は視線を合わせ、慈愛を込めて見つめ合う。

最終日は、海岸線にある漁村を視察した。

ジルベスターはミリセントを少し小高い場所にある宿泊所の天幕に残し、供の者たちと漁村に出かけて行った。

ミリセントはこれで最後だから、海を見に行こうと思った。

「フリーダ。フリーダはいませんか？　海を見に行きたいの」

天幕の外で声をかけたが、フリーダが見当たらない。その代わりに、見慣れぬ若い侍女が一人やってきた。

「ミリセント様、フリーダは今、他の用事で手が離せません。私がお供します」

ミリセントは了解し、その侍女とゼーダを連れて出かけた。

「ミリセント様、少し風が出てまいりました。海岸は波が高くなる恐れがありますから、その断崖から海を眺めるだけにしておかれるのが、よろしいかと」

侍女がそう忠告したので、海に詳しくないミリセントはうなずいた。

「わかったわ、ではそうします」

少し歩くと、高い断崖絶壁に出る。

たしかに、そこからは海が一望できた。

「ああ、素晴らしい景色だわ」

ミリセントは崖の上に立って、目を細めて水平線を眺めた。

また海に来られることがあるのだろうか。もしかしたら、これが見納めかもしれない。

と、ふいにゼーダが低く唸った。

「ゼーダ?」

振り返ろうとした途端、
どん、
背中に衝撃を感じ、ミリセントは誰かに強く突き飛ばされた。

「あっ⁉」

よろよろと前にまろび、崖っぷちで転んだ。次の瞬間、ミリセントの足元の岩場ががらりと崩れたのだ。

「きゃあああっ」

ふわりと身体が宙に浮き、断崖から投げ出されそうになった。

刹那、がしっとドレスのスカートを支えるものがいて、ミリセントは宙ぶらりんになる。

「ああっ?」

ゼーダがスカートの端を咥え、崖の上で支えていた。

「ゼーダ⁉　侍女、助けを！　早く、誰かを呼んできて！」

ミリセントは悲鳴のような声で叫んだ。

だが。

侍女の反応がない。

「？　どうしたの？　お願い、早く人を呼んで！」

ミリセントは声を嗄らして叫んだ。

しかし、侍女の気配は消え去っている。

ミリセントは恐怖で背筋が凍った。

ゼーダが喉の奥でぐるると唸りながら、必死で踏ん張っている。

「ああゼーダ、頑張って！　助けが来るまで、お願い！」

ミリセントは岩盤の割れ目に手を添え、自分の体重を支えようとした。だが、非力なミリセントでは、長い時間耐えられそうにない。

スカートの布が、みしっと軋《きし》んで嫌な音を立てた。

「！」

スカートが破れたら、真っ逆さまに海に落ちてしまう。泳ぎなどできない。

ミリセントは死への恐怖で気が遠くなった。

と、そこへ、

「姫君！　どこにおられますか？　姫君！」

けたたましいフリーダの声がした。

「ああフリーダ!?　ここよ、助けて！」

ミリセントが声を張り上げると、崖の上に真っ青になったフリーダの顔が現れた。彼女は腕を伸ばし、崖にしがみついているミリセントの手首を掴んだ。

「姫君、しっかりなさってください！　いいですか？　引っ張り上げますよ。ゼーダ、いいかい？　一緒に引っ張って」

フリーダはゼーダにも声をかけ、力の限りにミリセントを引き上げる。ゼーダもぐいぐいとスカートを引っ張った。

じりじりと身体が上り、崖っぷちまで手が届くと、ミリセントは夢中になって這い上がった。

「ああ、姫君！」

はあはあと息を切らしながら、フリーダがミリセントを抱き上げた。

「お怪我ありませんか？　どうして、お一人でこんな危険な場所に？」

ミリセントは弱々しく目を開け、か細い声で答えた。

「でも、侍女が一人、お供に……」

言葉の途中で、ふっと気が遠くなってしまう。

ミリセントの事故の知らせに、ジルベスターは即座に宿泊所にとって返した。

ジルベスターは血相を変えて、ミリセントが休んでいる天幕に飛び込んだ。

「ミリセント！」

簡易ベッドの上に気を失ったミリセントが横たわり、フリーダとゼーダが彼女を守るように付き添っていた。フリーダが静かにするようにと目配せし、そっと唇に指を当てた。ジルベスターははっと声を潜めた。

「ミリセントに大事ないか？」

フリーダも小声で返す。

「ああ陛下、幸い、姫君にはどこにもたいしたお怪我はなく、ショックで失神なさっただけで、医師の言うことには、もうすぐお目覚めになるそうです」

断崖までミリセントを誘った侍女は、今回新しくミリセント付きになった者で、ミリセントの事故直後、忽然《こつぜん》と姿を消してしまっていた。

ジルベスターは枕元に跪き、ミリセントの小さな手をそっと両手で包んだ。

崖に必死でしがみついていたらしく、爪が割れ指先が傷だらけになっている。それだけでも、ミリセントがどれほど恐ろしい目にあったか想像でき、ジルベスターは背中がゾッとする思いだった。

「ああ、ミリセント――すまない、あなたをこんな危険な目に遭わせるなんて」

ジルベスターはミリセントの指先に口づけを繰り返し、悲嘆にくれた。

この愛しくていたいけな乙女を、全力で守るつもりでいたのに。

旅行中でも、常にミリセントの身辺には気を配ってた。

ジルベスターにはわかっていた。

きっと、宰相や前妃たちが、ミリセントになにかしら危険な罠《わな》を張ってくるのではないかと。

だが、最終日の今日まで何事もなかったので、つい油断してしまった。

彼らが今まで、ジルベスターに近づく娘たちを、ことごとく排除してきたのは知っている。

ジルベスターに後継を作らせまいとする策略だ。

特に前妃たちは、母である第三妃とその子ジルベスターをひどく憎んでいた。

ジルベスターは幼い頃のことを思い出す。


ジルベスターの母は、没落した男爵家の娘で、皇城に侍女として召し上げられた時に、父である前皇帝に見初められ、第三妃となった。

前皇帝は母を寵愛し、ほどなくジルベスターを身ごもったのだ。

第一妃と第二妃は皇家の血筋の公爵家の出で、自分たちではなく、身分の低い母が子を成したことをひどく恨んだ。

後宮では、母はことあるごとに第一妃と第二妃の嫌がらせを受けていたという。ジルベスターが生まれると、さらに彼らの迫害はひどくなり、父皇帝は母と幼いジルベスターの身を案じ、二人を国境近くの別荘に移住させた。

ジルベスターが成人するまで、そこで母と暮らすことになったのだ。

父が厳選した侍従たちと屈強な警備兵たちに囲まれて、しばらくは母とジルベスターは穏やかな日々を過ごしていた。

ジルベスターの記憶にある母は、控えめで気の優しい女性で、決して第一妃と第二妃の悪口など言わない人だった。

ジルベスターは早く一人前の皇太子になって、皇城に戻り母を守り抜こうと決心していた。派遣された家庭教師たちについて勉強にいそしみ、武道馬術の訓練にも必死で取り組んだ。

ジルベスターが十四になろうという頃、父からもうすぐ皇城に戻るようにという連絡が届いた。

つつがなく過ごしていた母とジルベスターは、ようやく父の元に帰れるのだと、手を取り合って喜んだものだ。

だが——。

その心の緩みが悲劇を招いた。

それまで、別荘の城をめったに出ることのなかった母が、もうすぐお別れだからと、ジルベスターと一緒に別荘の裏手の山へ行楽へ出かけることにしたのだ。

護衛兵と侍女たちとともに、母とジルベスターは国境沿いの小高い山へ遊びに出た。

弁当を楽しみ、母と手を繋いで川沿いを散歩していた時だ。

ふいに、木陰から現れた刺客に襲われたのだ。

曲者《くせもの》はいきなり剣で切りつけてきた。

とっさに母が身をもってジルベスターを庇《かば》った。

胸をざっくりと切り裂かれた母は倒れながらも、駆け寄ろうとしたジルベスターに、逃げよと叫んだ。

血まみれの母の姿に、ジルベスターは気が遠くなりそうだったが、必死で逃げた。

刺客が追ってくる。

ジルベスターは次第に追い詰められ、ついに、思い余って崖っぷちから川に飛び込んだのだ。

川は大陸を縦断する大きな支流で、ジルベスターはたちまち濁流に呑まれて流された。

気がつくと随分と下流に流され、どこかの川べりに流れ着いていた。

最後の力を振り絞り、森の中へ入り込み、見つけた朽ちかけた山小屋の中に隠れた。そこで、再び気を失ってしまう。

そして次に目覚めた時、ジルベスターは天使のような少女に出会ったのだ――。

「……ジルベスターさ、ま……？」

か細い声で名前を呼ばれ、物思いに耽《ふけ》っていたジルベスターは、ハッと顔を上げた。

ミリセントが目を開けて、こちらを見つめていた。顔色が青白い。

「おお目覚めたか？　怖い思いをさせた。警備は万全のはずだった。あなたを守りきれず、私の迂闊《うかつ》だ、許してくれ」

ジルベスターはミリセントの手を握りしめ、その甲に口づけを繰り返しながらささやく。

「そんな……私がふらふらと出かけてしまったから。ジルベスター様によけいな心労をおかけして……ごめんなさい」

ミリセントは微笑もうとする。そのけなげな姿に、ジルベスターは心臓がきゅっと痛んだ。

「これから城に戻ると、また奸計《かんけい》をくわだてる者が出るだろう。あなたの警護はいっそう厳しくする。もう二度と、こんな思いはさせない」

真摯な声で言うと、ミリセントの表情が泣き笑いのようにくしゃっと歪んだ。

「ジルベスター様……私、崖から落ちそうになった時、初めてわかったんです」

「なにをわかったのだ？」

ミリセントの手が、力を込めて握り返してきた。

「私の、ほんとうの気持ちが」

「ほんとうの？」

ミリセントのアメジスト色の瞳に強い意志が宿る。

「私、死にたくない」

「っ――」

悲痛な言葉に、ジルベスターは胸が抉られる。

ミリセントはひたと見つめて言葉を繋ぐ。

「あの時、もしかしたら死んでしまうかというあの時、私、心から思ったんです。死にたくない、生きたい、生きたい、生きたい――ずっとずっとジルベスター様とともに、生きていきたい……！」

ジルベスターはせつなさに耐えきれず、思わずミリセントの身体を抱きしめた。

「わかった、わかっている。ミリセント、私のミリセント。死なせるものか。大丈夫だ。私がなんとしてもあなたを救う。約束する。あなたを絶対に治してみせる」

腕の中で折れてしまいそうにか細い身体に、ジルベスターの心がさらに愛おしさに掻き立てられる。

「……ジルベスター様……好き、愛してます……愛している」

ミリセントが顔を胸に埋めて、嗚咽まじりの声でささやく。

彼女の柔らかな髪に口づけをしながら、ジルベスターも答える。

「愛しているよ、ミリセント。私の大事な大事な愛しい人」


ジルベスターの地方視察は、各地の民たちに深い感銘を与え、皇帝に対する敬意を親愛を深める結果になった。民たちの支持と信頼は圧倒的なものになった。

この視察地方成功を機に、貴族議会におけるジルベスターの権威はぐっと強くなり、宰相ゴッデルを中心にした保守派は、勢力を著しく失うこととなる。

ジルベスターはミリセントの身を案じた。

そこで、地方視察から戻った半月後、ミリセントを後宮から本城の自分の私室に移すことを決める。

これは、ハイゼン皇国史を揺るがす決定であった。

それまで、歴代の皇帝は後宮に通い、そこで複数の女性と褥をともにするのが慣例であって、特定の女性を本城に住まわせることはなかったからだ。

ジルベスターの決定に、貴族議会の保守派たちは血相を変えて反対した。

その議案の日、貴族議会は荒れに荒れた。

「前例がない」

「皇帝は後継を作ることが義務であり、複数の女性と子を成すべきである」

「特定の女性だけを優遇することは、後宮の権威にかかわる」

保守派は様々な反論を挙げて、ジルベスターの意思を阻止しようとした。

最後まで保守派の意見を無言で聞いていたジルベスターは、最後にすくっと玉座から立ち上がった。

彼は議会中をぐるりと見まわした。

そして、平然として言ってのけたのだ。

「私は、ミリセントを愛している」

あまりに率直な言葉に、保守派の議員たちはおろか、皇帝派の議員たちも言葉を失う。

ジルベスターは堂々と宣言した。

「彼女こそ、私の唯一無二の連れ合いである。私はミリセントを正式な皇妃にしようと思う。第一も第二もない。正妃だ。愛する人と生活を共にすることは、自然な話ではないか」

唖然としていた宰相ゴッデルは、しどろもどろに反論する。

「で、ですが、後宮の他の女性たちのお立場をお考えください」

「後宮は、近々解体する」

ぴしりとジルベスターは言い放った。

「なんと――」

宰相ゴッデルの顔色が変わる。

「歴史ある後宮を、解体、などと――」

ジルベスターは鋭く言い返す。

「多くの女性を、子を成すためにだけ囲うなど、もはや時代にそぐわぬ制度だ。この旧弊な習わしは、私の代で終わりにする」

ジルベスターの爆弾発言に、議会中から賛美両論の声が上がり、収拾がつかなくなった。

議長の静粛を促す声も掻《か》き消され、その議会は中止となったのである。

ジルベスターは議場の騒ぎをよそに、悠然と退場して行った。


その喧騒《けんそう》の中で、宰相ゴッデルがつぶやいた、

「なるほど。陛下のアキレス腱《けん》は、あの小娘だとはっきりわかった。これは、こちらの切り札にもなるということだ」

その声は、ジルベスターの耳には届かなかった。


突然のジルベスターの決定に、後宮中も大騒ぎになった。

が、大方の後宮の女性たちは、好意的に受け止めていた。

それまでジルベスターが、彼女たちの意思を尊重し生きたいようにさせてくれていたからだ。

彼女たちはジルベスターに感謝こそすれ、何も恨む気持ちはなかったのだ。

おそらく、憤懣《ふんまん》やるかたないのは前第一妃と前第二妃の周囲だけであろう。

翌日。

ミリセントは、本城のジルベスターの私室に引っ越すべく支度をして、護衛兵たちとフリーダとゼーダに付き添われ、自分の部屋を出た。

すでに自分の荷物はジルベスターの私室に運ばれてあり、あとは身一つで出向くだけだ。

ミリセントは緊張と喜びで、胸がドキドキしていた。

特定の女性が本城で皇帝と生活を共にするのは、初めての事例だという。

これまでの慣例を破っても、ミリセントひとりを選んでくれたジルベスターの気持ちに、全身全霊で応えたい、と思った。

本城へ向かう回廊の途中に、アガーテが待ち受けていた。

彼女は、目に涙をいっぱい溜めていた。

「ミリセント——とうとう、行くのね」

ミリセントはきゅんと胸が痛くなる。

「アガーテ、アガーテ、今まで仲良くしてくれてありがとう」

ミリセントはアガーテに駆け寄り、首に抱きついた。

「おめでとう、あなたの愛が報われたのね。どうか、本城で幸せに」

アガーテが抱き返して、涙声で言う。

「ありがとう。きっと幸せになるわ。時々は、遊びに来てね」

「落ち着いたら、招待してちょうだいね。きっと行くわ」

アガーテは身体を離すと、手に抱えていた小さなキャンバスを差し出した。

「これ、完成したの。あなたに差し上げるわ」

「まあ！」

それは、四阿で満開の花を背景に佇むミリセントの肖像画であった。

「なんて綺麗……大事にするわ」

ミリセントはキャンバスを胸に抱え、アガーテと別れのキスを交わした。

再び歩き出しながら、以前、ジルベスターに案内されてこの回廊を後宮へ向かって進んで行ったことを思い出す。

あの時の、不安と恐怖で押しつぶされそうだった初心な自分が、ものすごく昔のことのようだ。

（もう怯えない――ジルベスター様が私を愛してくれる。私を守ってくださる。私は自分の人生に立ち向かっていく勇気を、あの方からいただいたのだ）

ミリセントは顎を引き胸を張って、堂々と本城に入って行った。

本城の最上階全部が、皇帝の私室になっていた。

最上階に通じるあらゆる通路や階段には厳重な警備が敷かれていて、ミリセントはジルベスターが自分を彼の元へ呼びたがっていたことが理解できた。蟻の子一匹通さぬようなこの警備ならば、後宮よりはずっと安全に違いない。

奥へ通されたのは、ミリセントと愛犬のゼーダだけだ。

フリーダは階段のすぐそばの、侍従専用の部屋の一つをあてがわれた。用事があれば、私室に設置されている呼び出しベルを鳴らすようになっていた。

異国の高級な絨毯を敷き詰めた廊下の向こうで、ジルベスターが立って待っていた。

「ミリセント、よく来た！」

「ああ、ジルベスター様！」

二人は思わず駆け寄り、廊下の中央で固く抱き合った。

「待っていた、これからはずっと一緒だ」

「嬉しい……嬉しいです」

二人は万感の思いで互いの温《ぬく》もりを感じていた。

その晩。

ジルベスターの私室で一緒に食事をした。

さすがに皇帝の住まう部屋だけに、広い食堂を始め、図書室、遊技場、ダンスフロアまで完備されている。広いベランダには小さな温室があり、常に緑と花を楽しめるようになっていた。

「閉じこもる生活は辛かろうが、保守派を完全に私の傘下におさめ、後宮を解体するまでは、しばらくここでの生活に耐えてもらわねばならぬかもしれない」

ジルベスターがすまなそうに言うが、幼い頃から王城の狭い一室に息をひそめるようにして暮らしてきたミリセントにとっては、ここでの生活は雲泥の差がある。

「耐えるなんて、そんなこと——私は、ジルベスター様と一緒にいられれば、どこだって天国のようです」

頰を染めて答えると、ジルベスターが慈愛のこもった眼差しを送ってくる。

「あなたの、その控えめで素直なところが、とても愛おしいよ。きっといつか、皇帝と皇妃として、堂々と国民の前に出て行ける日がくるからね」

「はい。信じています」

もう、自分の二年の寿命のことは悩むまいと思った。

「必ず治してやる」

そう言ったジルベスターの言葉を信じよう。

食後、二人だけで皇帝専用の大きな浴室に向かった。

真っ白な大理石の壁と床、泳げそうなほど広い金張りの浴槽には、真紅の薔薇の花びらを浮かべ、良い香りのする欲剤入りの湯がたっぷりと張られていた。

脱衣場で先に全裸になったジルベスターが、ミリセントを誘う。

「先に入っているから、すぐにおいで」

「はい……」

これまで何度か入浴をともにしたが、いまだに慣れない。

昼間のように明るくランプが灯《とも》った浴室に一糸まとわぬ姿で入って行くのは、ひどく恥ずかしかった。

胸元を両手で覆って、そろそろと浴室に入っていく。

ジルベスターはすでに浴槽に浸かって、心地よさげに足を伸ばしている。

恥じらいながら近づくと、ジルベスターが両手を差し出し、ミリセントの細腰を抱えて抱き上げる。

「あ」

横抱きにされ、ざぶんと浴槽に浸かる。

なみなみと張ってあった湯が、ざあっと溢れてしまう。

ジルベスターは気にすることなく、自分の膝の上にミリセントを座らせる形で、背後からそっと抱きしめてきた。

「いい塩梅《あんばい》だろう」

ジルベスターが耳元でささやく。

「ええ」

程よい温度の湯が、肌にしみて心地よい。

最初は少し緊張していたが、ジルベスターが心から寛いでるのを肌越しに感じて、だんだんこちらもゆったりした気持ちになっていく。

ぴったりと寄り添い、ミリセントも伸び伸びと足を伸ばした。

「――あなたの病のことだが」

ふいにジルベスターが真剣な声を出す。

どきりとして身構えた。

すると、ジルベスターが安心させるように、ふっと小さく笑いながら言う。

「特効薬が手に入りそうだ」

「えっ？」

我が耳を疑い、思わず身を捩って振り返った。

ジルベスターが深くうなずいた。

「大陸中手を尽くして探させた。視察の時に見た『魔女の山』を覚えているか？」

「はい、『皇帝《カイザー》』と命名しては、と私が言った山ですね」

「そうだ。その山に、わずかに咲くという白い花のエキスが、寄生虫駆除に有効らしい。ただ、あの山の天気は常に不穏に吹雪《ふぶ》いて荒れていて、花を見つけた者は建国以来ごくわずからしいが。そのわずかな者が得た花のエキスが、この国に一人分だけ残っていた。辺境で、五十年ほど前に医師の住んでいた廃屋から見つかったのだ」

「ほ、ほんとうに……⁉」

ミリセントは驚きと感動で、声が震えた。全身に喜びが満ち、脈動が速まる。

「ほんとうだ。先ほど、伝書鳩《でんしょばと》で連絡が届いた。今、部下が全速で早馬を飛ばし、薬を持って城へ向かっている。あと数日の後には、ここに届くだろう」

ジルベスターが晴れ晴れと笑う。

「ミリセント、あなたはこれで、長く私と人生を共にできるのだよ！」

「あ、あぁ……あぁ……ジルベスター様……」

どっと歓喜が胸に溢れてくる。信じられない。

夢ではないだろうか。

治るのだ。

ほんとうに。

目の前の愛しい人と生きる未来がもうすぐ、手に入る。

「ジルベスター様！」

感極まって、ジルベスターの首に抱きついた。

「ミリセント、愛しいミリセント、これからは楽しいことだけが待っているぞ」

ジルベスターはミリセントの額や頬に口づけし、抱き返してきた。

「嬉しい、嬉しいです、ああ、こんな気持ち……なんと言えばいいの？」

ミリセントは涙目になり、ジルベスターの頬に自分の頬を擦り付けて甘えた。

いつしか二人は互いの唇を求め、啄ばむような口づけを交わし始める。

「ん、ん、ふ……」

嬉し涙を流しながら、積極的にジルベスターの口づけに応えていたが、そのせいだろうか尻の下に息づくジルベスターの欲望が、みるみる硬化してくるの感じ、どきんとした。

「あ……」

思わず赤面して唇を離すと、ジルベスターがにやりとする。恥じらって腰を浮かそうとしたが、逆にぬるりと屹立したものを柔らかな尻で擦り上げてしまう形になった。

「ふ――あなたから誘ってくるなんて、嬉しいね」

ジルベスターがぐぐっと腰を押し付けてくる。

「あ、違うの……そんなんじゃ……あっ」

湯に浮いた乳房を、ジルベスターの両手が背後から掬い上げるようにして揉んできた。

しなやかな指が、赤く色づいた乳首を爪弾く。

「あ、あ、だめ、だめ、です」

ちりちりと甘い刺激を感じ、身を捩って逃れようとすると、たぷんたぷんと湯が波打ち、赤い花びらが白い肌にまとわりついた。とろりとした欲剤入りの湯で滑って、背中や腰でジルベスターの身体をぬるぬる擦ってしまう。

「そんなふうに身悶えると、ますます誘っているようにしか見えぬぞ」

ジルベスターが意地悪く言い、きゅっと尖り始めた乳首を摘《つま》み上《あ》げた。

「あきゃぁ、あ、あ、や……」

きゅんと下腹部に甘い疼きが走り、びくんと腰が跳ねた。

ジルベスターが乳房をいじりながら、耳裏や首筋にねろりと舌を這わせてきた。

「はぁ、あ、あ、ぁ」

官能の痺れに、ぞくぞく背中が震えてしまう。

湯に浸かった火照りと、病が治るという歓喜が、ミリセントの身体をひどく高揚させていた。

「ん、ん、んんぁ……」

股間からとろりと蜜が滲《にじ》み出《だ》すのがわかる。

「ふふ、もう感じ始めて。可愛いね、感じやすく、でも恥ずかしがり屋で。あなたはどうしてこうも、私の気持ちを熱く掻《か》き立《た》てるのだろう」

くりくりと凝った乳首を指先で抉りながら、ジルベスターがすっかり屹立した男根をぐりぐりとミリセントの尻に押し付けてくる。

「あ、あん、だめ……ぁあん」

尻に触れる熱く硬い肉塊の感触に、ミリセントの劣情も煽られる。

背後から尻の割れ目の狭間をぬるぬる擦られるのが、ひどく心地よい。

「ん、あ、当たるの……大きくて硬いのが……ぁあ……」

身をくねらせ、自分からも遠慮がちに尻を擦り付ける。

湯の力を借りているせいか、滑りがとてもよくて、熟れた陰唇を擦られているだけで、下肢が蕩けそうに感じ入ってしまう。

「はぁ、あ、あぁ、はああ……ん」

浴室の中に淫らな嬌声が反響して、耳を塞ぎたいほど恥ずかしい。なのに、恥ずかしさはさらに官能の興奮を煽って、媚肉を擦られただけで軽く達してしまった。

「んぁ、あ、だめ、あ、だめ……ぇっ」

びくんびくんと腰を慄かせ、快感を味わってしまう。

背後からジルベスターがぎゅっと抱きしめ、ミリセントの柔らかな耳朶を甘噛みしながら、低く淫猥な声でささやく。

「いやらしいね。もう達ってしまったのかい？」

「んんぁあ、あ、だって……あぁ、だって……」

ミリセントはいやいやと首を振る。

擦られるのもとても気持ちよいが、すっかり飢えた内壁が満たして欲しくてきゅうきゅうしきりに蠕動し、ミリセントの羞恥心を奪っていく。

「ぁ……あ、ジルベスター様……ぁ」

首を捩って、潤んだ瞳でジルベスターを見つめる。

「ん？　なんだい？」

ジルベスターがとぼけた声を出し、いやらしく目を眇める。その妖艶な表情に、全身が淫らに総毛立った。

「……欲しいの、もう……」

消え入りそうな声でおねだりする。

するとジルベスターは、ミリセントの腰を抱え、くるりと向かい合わせにした。

「いい子だ。欲しいなら、自分で動くんだ」

「え……」

そんなはしたない、と思うが、もはや欲望の方が恥じらいを凌駕している。

「ん……ん、ん」

ぎこちなく腰を振り立てて、反り返った欲望に自分の秘裂を押し当てて、擦り立てた。

「は、はぁ、は、あぁ、あぁん」

傘の開いたカリ首が、陰唇の狭間を行き来し、熟した秘玉を押し潰すように刺激するのが、たまらなく気持ちいい。

「はぁ、あぁん、あぁ、あぁん」

ジルベスターの肩に両手を置いて、夢中になって腰をうごめかせた。

「ああ――いけない子だね。私を使って自慰をするなんて」

ジルベスターが息を乱す。

「じ、い？」

声を震わせると、ジルベスターは自分も腰を揺らして笑う。

「一人で淫らな行為をして、気持ちよくなることだよ。自慰をしたことがあるかい？」

ミリセントはあまりの恥ずかしさに、毛穴まで血が上りそうになる。

「そんなこと、したこともないですっ……あ、あぁ、ん、でも……」

「でも？」

ミリセントはせつない声を出す。

「止められないの……これ、気持ちよくて……あぁ、どうしよう、やめられない」

どくん、とジルベスターの肉竿がひとまわり膨れ上がり、大きく跳ねた。

「ふ――あなたはという人は。天性の小悪魔とは、あなたのことをいうのかもしれぬ」

ジルベスターはくるおしげに息を大きく吐く。

「私の方が、もう耐えられぬ、ミリセントっ」

名前を呼ぶや否や、ジルベスターが斜め下から狙いをすまして、ずん、と突き上げてきた。

「はああっ、あ、ああああぁっ」

湯と愛液のぬめりを借りて、ほころび切った花弁の狭間に、一気に剛直が押し入ってきた。

「あん、あ、ああ、あ、あ、奥に……あぁっ」

最奥まで貫かれ、瞬時に絶頂に達してしまい、ミリセントはびくびくと腰を震わせて快感を貪った。

「く——すごい締め付けだ——もう止まらぬ」

ジルベスターはミリセントの細腰を抱え直すと、がつがつと真下から腰を穿ってきた。

「ふあぁっ、奥まで、届くのぉ、あぁ、奥、あぁ、すごい、すごい……っ」

じーんと脳芯にまで届く激烈な快感に、ミリセントは欲望に溺れてしまう。

ジルベスターが腰を突き上げるたび、ばしゃばしゃと浴槽の湯が飛び散り、湯船の湯のほとんどが溢《あふ》れ出《で》てしまった。

だが、もはやそれに気を回す余裕は、互いにない。

膨れた怒張の先端が子宮口まで届くたび、四肢が甘く痺れ、内壁が歓喜して収縮を繰り返し、さらに快感に追い打ちをかける。

「はぁあ、あ、あん、あぁ、気持ち、いい、あぁ、ジルベスター様、感じて……あぁ、気持ち悦くて、たまらないっ……」

「悦いのか？　ミリセント、私もとてもよい。もっと互いに気持ちよくなろう。もっとだ、ほら、あなたも腰を振ってごらん」

「ん、んんぅ、こ、こう……？　あ、はぁ、はあああん」

下からの律動に合わせて、拙いながらも自ら腰を上下に振りたてると、結合はさらに深くなり、愉悦は底なしになった。

「はぁ、あぁん、深いの……ぉ、あぁ、当たる……はぁ、奥、よくて……」

ミリセントが腰を沈めるのに合わせて、ジルベスターが的確に感じやすい部分を抉り上げてくる。

ジルベスターへの愛情と未来への希望の喜びが、ひとつになって、ミリセントにこれまでにないほど苛烈な快感を与えてくる。

ジルベスターの肉茎を、自分で気持ちよい箇所に誘導して擦り上げるので、どうしようもなく感じ入ってしまい、四肢から力が抜けていく。

「あぁ、だめ、あぁ、また、達く、ああん、感じちゃう……っ」

耐えきれない愉悦の連続に、いやいやと首を振るが、内壁は逃さないとばかりに屹立に絡みつき、感じるたびに強く締め付けてしまう。

「っ――締まるね、ミリセント、いつもよりもっと激しい――」

ジルベスターが心地よさげに息を乱し、目の前に揺れるミリセントの乳房に顔を埋め、ひりつく乳首に歯を立てる。

「んあっっ、あ、は、だめぇ、噛んじゃだめぇ、奥が痺れて……あ、あぁぁっ」

ミリセントが淫らになればなるほど、ジルベスターの官能も煽られるらしい。

「ああ奥が吸い付いて、素晴らしいよ、あなたの中」

耳元で熱い息とともに、艶めいた声でいやらしくささやかれ、ぶるっと身震いがする。

「はぁっ、あ、ジルベスター様、あぁ、好き、好き、愛してる……っ」

ミリセントは感極まった嬌声を上げる。

際限なく達した媚肉は熱く熟れ、ジルベスターの剛直を溶かしてしまうかと思うほど吸い付いて締め付けてしまう。

「私も愛している、あなただけ、あなただけを、愛している――」

感じ入った溜息《ためいき》を漏らしながら、ジルベスターが抽挿を速めていく。

「んあぁ、あ、はぁ、あぁ、はあぁんっ、ぁあ、ジルベスター様……っ」

「ミリセント、私のミリセント」

二人はぴったりと繋がり、呼吸も律動も一体となり、高みへぐんぐん上っていく。

まるでもともと二人はひとつだったような錯覚に陥るほどの高揚感に、ミリセントは頭が真っ白になる。

子宮口まで深く突き上げられるたび、どうしようなく感じ入って、奔放な喘ぎ声を上げながら、ジルベスターの広い背中にしがみつき、爪を立てた。

「あぁ、あ、も、だめ、あ、も、終わります、あ、も、もうっ」

「私もだ——あなたの中に出すぞ」

「んあぁ、あ、来て……たくさん、たくさん、くださいっ」

思わずぐぐっと膣壁に力が籠もり、ジルベスターの張り詰めた滾りを締め付けた。

「あ、あああぁ、ああああぁぁあっ」

「く——っ」

同時に達した二人は、息を凝らしびくびくんと腰を震わせた。

どくどくと、大量の白濁が最奥に吐き出され、熟れた蜜襞がすべてを吸い尽くすかのように淫らな蠕動を繰り返す。

「はぁ……は、はぁ……あ」

「ふ——」

すべてを与えすべてを奪い合った後の、この気だるい脱力感すら、泣きたいほどの幸福を感じさせる。

もう、人生を諦めることはないのだ。

愛する人と、ずっと一緒に生きていけるのだ。

ミリセントはかつてないほどの充足感に、うっとり目を閉じた。

第五章　別離と悲劇

未来への希望に満ちた若い二人の欲望は、夜明けまで果てることがなかった。

早朝、ミリセントはまだベッドでうとうとと微睡んでいた。

先に起床したらしいジルベスターが身を屈めて、そっと頬に口づけする。

「ミリセント、では私は先に公務に出る」

ミリセントはハッとして目が覚め、飛び起きようとした。

「いやだ、私ったら、お城に来た初日から寝坊なんてっ」

焦ってベッドから下りようとするミリセントを、ジルベスターが笑って押しとどめる。

「いいのだいいのだ。まだ寝ていなさい。私が疲れさせてしまったからな。昨夜のあなたは、今までで一番激しく乱れたね」

ミリセントはその言葉に、耳朶まで真っ赤に染めた。

さっと上掛けで顔を隠し、小声でつぶやく。

「いやなジルベスター様」

「ははは」

ジルベスターは朗らかに笑い、ミリセントの頭をぽんぽんと軽く叩いた。

「あの、お支度は？」

「済ませた。私は自分のことは自分でなんでもする主義でね。身支度も、礼装以外は自分でするんだ」

「まあ、そうなんですね」

いかにも、自分の意思を強く通すジルベスターらしいと思う。

「でも――」

ジルベスターが片目を瞑る。

「明日からは、私の身支度はあなたに手伝ってもらおうかな」

ミリセントはぱっと表情を緩める。これからは、ジルベスターの連れ合いとして、なんでも彼に協力して上げたいと思った。

「はいっ、任せてください！」

ジルベスターも嬉しげにうなずく。

「では、行ってくる。あなたの薬は、おそらく昼前には城に届くだろう。医師とともにここに持たせるから、心して待っていなさい」

ミリセントの病が治癒されるせいか、ジルベスターもいつになくはしゃいだ様子だ。

「はい――ああ、いよいよですね」

ミリセントも興奮気味に答えた。

「うん、私までなんだかドキドキしてきたよ」

ジルベスターが手を振って部屋を去ると、ミリセントはそそくさと起き上がった。さすがに、これ以上惰眠を貪るのは気が引けた。

床で伏せていたゼーダが待っていたように起き上がり、嬉しげに鼻を鳴らす。

洗面と着替えをしようと、フリーダの部屋に通じる呼び鈴の紐を引こうとして、側の椅子の上に、ジルベスターの公務用の斜めがけのサッシュが置き忘れられているのに気がついた。

「あら、大事なものを」

ミリセントはサッシュを抱えて、ジルベスターの後を追う。

廊下に出ると、ちょうど角のところに立つジルベスターの背中が見えた。

「ジルベスター様――」

声をかけようと近づいて、ハッと足を止めた。

ジルベスターが低い声で誰かと話している。

「宰相、無断で最上階まで入ってくるのは、何事だ」

「申し訳ありません、陛下、火急の事案でございますれば」

ジルベスターはゴッデル宰相と会話しているようだ。

「火急?」

「ミリセント様のお身体について——詳しく調査いたしましたところ、かの姫は、心の臓になにか病を抱えておられるとか」

自分の名前が出たので、ミリセントはぎくりとした。

ジルベスターが息を呑む気配がし、声を潜めた。

「宰相、そこの予備室で話を聞こう」

ジルベスターが促し、二人は角の先の部屋に入ったようだ。

ミリセントは不安で脈動が速まるのを感じた。

後宮の前妃たちと懇意だというゴッデル宰相が、ミリセントにいい感情を抱いていないだろうと、予想はつく。

そのゴッデル宰相は、ミリセントの心臓の病について言及していた。彼は、知っているのだ。

「どうしよう……嫌な予感がする……」

ミリセントはわずかに逡巡《しゅんじゅん》したが、意を決して角を曲がり、二人が入ったと思われる予備室の扉へ近づいた。背後からゼーダがひっそりと付いてくる。

扉の内側からは、何か言い争うような声が漏れ聞こえてきた。

「盗み聞きなんて、いけないことだけど、でも——」

ミリセントは心が痛んだが、どうしようもない気持ちにかられ、扉に耳を押し付ける。

「宰相、私は本日は所用が立て込んでいる。話は後日詳しく聞く」

「陛下、それは、辺境地からの早馬をお待ちということでしょうか?」

「なに⁉」

一瞬、ゴッデル宰相が含み笑いをしたような声がする。

「陛下、早馬は到着しません。なぜなら、使いの者は、盗賊に襲われ、荷物を奪われ、命を失ってしまいましたから」

「——」

ジルベスターがハッと息を呑む気配がした。

ミリセントも息が止まりそうになった。

ゴッデル宰相の耳障りながらがら声が、ミリセントに追い討ちをかける。

「どういうわけか、その使いの者の荷物の中の、小さな薬瓶が、私の手元に届きましてね」

ジルベスターが殺気のこもった、ゾッとするような低い声を出した。

「宰相、貴様——」

「おっと、その薬瓶は今は私は持っておりませぬ。しかし、もし私の身に何かありましたら、侍従の者が直ちにその薬瓶を処分することになっております」

「——卑怯者め。盗賊だと? お前の指示だな?」

「さて、どうでしょうか？　――そもそも、陛下が皇家の伝統を無視し、後宮を解体し、一人の女性だけを娶るなどと宣言しなければ、このような事態にはならなかったのです。しかも、奇病にかかった田舎国の末姫ではないですか。私は、祖国を憂うるものとして、当然のことをしたまでです」

　ゴッデル宰相が勝ち誇ったように言う。

　ジルベスターが唸るように答えた。

「宰相、薬を渡してくれ。その見返りは何だ？」

「おお、話が早い。流石《さすが》に稀代《きたい》の賢皇帝と謳《うた》われただけのお人だ」

　ゴッデル宰相は嫌味たっぷりだ。

「いいでしょう。薬と引き換えに、私は陛下の退位を求めます」

「何、だと⁉」

「あなたは国の慣例や前例を無視する。宰相として、あまりに急進的で革新的な皇帝陛下は、この国に必要ないと断じます。ですから、退位し、次の皇帝陛下が決まるまでは、政治は貴族議会に任せるとよろしいでしょう」

「貴様っ――」

　ミリセントは扉の外で、全身から血の気が引くのを感じた。

　しばらくして、ジルベスターが声を絞り出した。

「──退位すれば、薬を渡すのだな？」

「御意。陛下の愛する女性と二人で、辺境の別荘にでも隠居なさればよろしいでしょう。お二人が何不自由なく暮らせるくらいの予算は、おつけしましょう」

「──」

ジルベスターが無言でいたのは、わずか数秒だったろう。

でも、ミリセントには何年も時間が過ぎたように思われた。

ミリセントはジルベスターが答える前に、予備室に飛び込んで行こうとした。

が、その前に彼は返事をした。

「わかった。退位する」

ミリセントは呆然とした。

ゴッデル宰相があからさまに機嫌のいい声を出す。

「おお、物分かりの良い陛下であられる。では、本日の午後の貴族議会で、正式に退位の意を表明なさってください。さすれば、薬瓶は直ちに陛下のお手元に届きましょう」

「嘘偽りはないな？」

ジルベスターが怒りと威厳に満ちた、恐ろしげな声で言う。

「もし、約束を違えたら、私は地獄の果てまで追って、お前を殺しに行く」

ミリセントは、もうそれ以上聞いていられなくて、踵を返すと足音を忍ばせて廊下を戻って行った。

部屋に戻ると、悲しみと絶望と混乱で、気が遠くなりそうだった。

ジルベスターが退位する。

そんなことは、決してさせない。

ミリセントは知っている。

地方視察にずっと同伴して、ジルベスターがいかにこの国を愛し民を大事に思っているか、この目で耳で肌で感じていた。

ゴッデル宰相も言っていたが、稀代の賢皇帝であることに間違いない。

そのジルベスターが、小国の王女の病を治すために、退位するというのか。

「だめ、だめ、だめ、そんなこと、絶対にさせない」

ミリセントは口に出して何度もつぶやいた。

ジルベスターの深い愛を知って、心の底から感動したが、それ以上に、ジルベスターのこれからの人生を奪うようなことはあってはならない。

「私のせいだ。私のせいで、ジルベスター様が追い詰められて……」

涙が溢れてくる。

ジルベスターとともに生きたいと願った。死にたくない。

でも、今のミリセントには、自分の命よりジルベスターの方が大事だった。

その場でおいおいと、声を上げて泣きたいくらい辛い。

だが、ミリセントはきゅっと唇を噛み締めた。

「泣いている場合ではないわ……なんとかしないと、なんとか……」

くーん、と気遣わしげな鼻声に、我に帰った。

ミリセントは影のように付き添っていたゼータの存在に気がつく。

ミリセントはゼータの頭を撫で、ハッと思いついた。

「ゼータ、お前はお城の中を隅々まで知っているわね。いつだって、風のように私の前に現れたもの」

ミリセントはゼータの賢そうな目をじっと見て、強い口調で言った。

「ゼータ。私をお城から外に連れて行って。お前なら、誰にも見咎《みとが》められず、抜け出す道を知っているはずだわ」

ゼータは瞬きもせず、ミリセントの言葉をじっと聞いていた。


ミリセントが行方不明になったという知らせが、執務室のジルベスターの元に届いたのは、午後の貴族議会が始まる直前だった。

血相を変えた侍女のフリーダが、警護兵たちに取り押さえられながら、執務室に飛び込んできたのだ。

「陛下、陛下！　姫君がお部屋におられません！　昼過ぎまで呼び出しがなかったので、まだお休みかと私がお部屋の扉をノックしましたが、何のお返事もなく——思い切って、中に入りましたら——もぬけの空で——」

「何だと⁉」

ジルベスターは色を変えた。

「城内で迷っているのだろう？」

フリーダはぶんぶん首を振る。

「すでに、侍従たち総出で、城中をお探ししたのです。でも、どこにもおられないのです！」

ジルベスターは愕然《がくぜん》とした。

「そんな馬鹿な——ゼーダは？　私の犬はどこだ？　あいつなら、ミリセントを探し出してくれるはずだ」

フリーダはエプロンに顔を埋め、泣き崩れた。

「ゼーダも、おりませぬ。姫君はゼーダとともに、行方をくらませてしまわれました」

「なぜだ？　今朝まであんなに希望に満ちて笑っていたのに——」

ジルベスターはハッとする。

ゴッデル宰相と話をした後、予備室を出たところで、廊下に自分のサッシュが落ちているのに気がついた。自分が取り落としたのだろうと、何気なく拾い上げた。が、考えてみると、今朝の支度でサッシュをかけた覚えがない。

「まさか――ミリセントは、私たちの話を――」

ジルベスターは最悪の予感に、心臓がぎゅっと縮み上がった。


それから三日後のことである。


「お嬢さん、うちらの馬車はここまでしか行かねえが、下りるかい？」

荷馬車の御者が、荷台にうずくまっているミリセントに声をかけてきた。

ショールに顔を埋めていたミリセントは、顔を上げうなずく。

「ええ、ありがとう。こんな山の上まで乗せていただいて」

ミリセントは傍らに寄り添っていたゼーダとともに、荷馬車を下りた。

ゼーダがわんと一声吠え、先に立って細い雪道を登り始める。

ミリセントは、その後から付いて行こうとした。

「お嬢さん、これ以上先に登るのは危険だよ。俺たち山に慣れた猟師だって、『魔女の山』の上に向かおうなんて、思わんよ」

背後から男が心配げに声をかけてきた。

「悪いことは言わん、ここの山小屋で休んで、下山しなよ」

ミリセントは振り返り、笑顔で答えた。

「ありがとう、おじさん。でも、大丈夫、この山は『魔女の山』なんかじゃないもの」

そう言い置くと、ゼーダの後から一歩一歩山道を登っていく。

慣れない雪道は、麓で購入した雪用のブーツを履いていても、登りづらかった。

しかし息を切らしながら、ミリセントは上を目指した。

三日前、ゼーダの案内で城の抜け道を使って、城外に出た。

街で動きやすい街娘の服装になり、辻馬車《つじばしゃ》を乗り継いで、ここまで来た。

今まで、一人で行動などしたこともなかったのに、胸に秘めた強い思いがミリセントを動かしていた。

ジルベスターへの愛が、ミリセントを強く生まれ変わらせたのだ。

そして、ゴッデル宰相の脅迫を阻止するためには、ミリセント自身が姿を消すのが一番いいと思った。

愛する人の元を去るのは、身を切られるように辛かったが、ジルベスターのことを思えば、何でもできる。

だから、この山を目指した。

自分の病を治す薬を、自分で手に入れてやる、と思った。

この山は「魔女の山」ではない、「皇帝」の山だ。ジルベスターの懐に抱かれていると思えば、勇気がいくらでも湧いてきた。

か弱い女性の身で、危険な登山をするなど無謀だとわかっていた。

でも、わずかな希望でもあれば、それに縋りたかった。

このままでは、どうせ限られた寿命なのだ。

ならば、命を賭ける意味はある。

「ゼーダ、きっと、きっと、白い花は見つかるわよね」

振り返り振り返り、ミリセントを導くゼーダは、力強くわん、と吠えた。

しかし――。

夕刻前、それまで穏やかだった山の天気は一変した。

ミリセントは、激しい吹雪に襲われた。

ミリセントはゼーダにしがみつき、犬に支えられるようにしてのろのろ進んだ。

しかし、ついに精根尽き果ててしまう。

がくりと雪の中に膝を突いてしまう。

「ああ、もう一歩も歩けないわ」

ゼーダが必死になって、ミリセントのコートを引っ張った。

すぐそこに大きな岩があり、小さい洞窟のようなものが見えた。

「そこへ――」

ミリセントはよろめきながら、岩陰に入った。岩が抉れてできた洞窟の中に、這うようにして入り込み、ゼータをぎゅっと抱きしめた。

吹雪を避けることができ、犬の体温の高さに、ほっとする。

「ここで、吹雪がおさまるまで待ちましょうね」

肩にかけていたバッグから、麓で購入した干し肉を取り出し、ゼータと分け合って食べた。

そして、自分のコートの内側にゼータを入れて暖を取る。

ぽかぽかしてくると、眠気が襲ってきた。

ミリセントはうとうと微睡《まどろ》む。

昔の夢を見た。


別荘の裏手の山小屋で出会った、美しい少年。

ミリセントは毎日そこへ通い、少年の傷の手当てをし、食事を運んだ。

少年はあくまでマントを被って顔を見せないようにしていたが、声色や態度はとても穏やかで親しげなものになっていた。

ミリセントは手当てや食事が終わると、少年と自分の間に愛犬パルを挟んで、お気に入りの絵本や詩集を朗読して上げた。

少年は心地よさげに、ミリセントの声に聴《き》き惚《ほ》れている。

「君の声は透き通って、カナリアの囀《さえず》りみたいだね。いつまでも聞いていたいな」

ぽつりとつぶやいた少年の言葉に、心臓がドキドキ高鳴る。

ミリセントは、傍らに少年が居るというだけで気持ちが華やいだ。頬を染め、詩集のページをめくる。

ふと、少年の熱い視線を感じ、ハッと顔を上げる。

いつの間にか、少年が目の前に近づいていた。

「君は白く透き通って、本当に綺麗だね。君ほど美しい人を、僕は見たことがないよ。君は僕の天使だ」

少年がそろそろと顔を寄せてくる。

ミリセントの視界が、少年の青い目でいっぱいになる。

思わず目を閉じると、ふわりと柔らかなものが唇に触れた。

「ん……」

口づけをされたのだ、と悟る。

初めての異性からの口づけ。なんて甘い。なんてうっとりする感触。

ミリセントは目を瞑ったまま、じっと口づけを受けていた。

ほどなく、少年の顔が離れた。

「——ああ、ごめん。つい、君があんまり素敵だから」
少年の声がかすかに震えている。
ミリセントは夢から覚めたみたいに、目を開けた。
少年はマントを目深に被り、顔を背けている。
「怒った?」
少年がおずおずと尋ねる。
「ううん、ちっとも」
ミリセントは首を横に振った。
少年は、ほっとしたようにこちらに顔を振り向け、笑みを浮かべた。
ミリセントも、はにかんだ笑顔になる。
二人は嬉しいような擽ったいような表情で、見つめ合っていた。
ミリセントは幸福という感情を、生まれて初めて知ったのだ。
その夏、二人の間にはゆったりとした優しい時間が流れた。
ミリセントは、永遠にこの時間が続けばいいのに、と密かに願った。
だが——。
ある朝、いつものように山小屋に出かけると、扉が開けっ放しになっていた。
胸騒ぎがして、慌てて山小屋の中を覗くと、少年の姿はなかった。

床に、新しい大勢の大人の靴跡があった。

きっと少年の迎えの者たちが来たのだろう。

「ああ……行ってしまったんだわ……」

ミリセントは風船が萎《しぼ》むみたいに心が縮み、がっくり気落ちした。

わかっていた。

少年がやんごとなき身分であろうとは、初めから予想がついていた。

いつかきっと、彼を探しに来る者たちがやってくるだろうと。

けれど、こんなにも突然に姿を消してしまうなんて。お別れの言葉も言えなかった。

「う……うう……」

ミリセントはその場にしゃがみこんで、両手で顔を覆ってすすり泣いた。

と、パルが濡れた鼻を押し付けて、くーん、と鳴く。

「なあに？」

顔を上げると、パルが口に咥えていたものを、ぽとりとミリセントの前に落とした。

「あっ、これは……！」

エメラルドの小さなピアスだ。

あの少年が耳に嵌めていたものだ。

ミリセントはそっと拾い上げる。

落としていったのだろうか。

いや、もしかしたらこれは、少年がさよなら代わりに置いていったのかもしれない。

「ありがとう……さようなら、どうか元気でね」

ミリセントはピアスに口づけし、いつも身につけている母の形見のロケットペンダントを取り出した。パチンとロケットを開くと、中に母の肖像画が描かれている。そこに、そっとピアスを仕舞《しま》い込《こ》んだ。

「ずっとずっと、死ぬまで持っていよう。私の大切な人たちの思い出だもの……」

ミリセントはぎゅっとロケットを握りしめ、心に誓った。


ぺろぺろと熱い犬の舌で頬を舐められ、ミリセントはハッと目を覚ました。

顔を上げると、ゼーダが気遣わしげにくんくん鳴いた。

「あ……？　私、寝てしまったの？」

ミリセントはゼーダの頭を撫でながら、そっと洞窟の外を伺う。

吹雪は少しおさまったようだが、すでに雪山は暗くなってきた。

もはや今日はこれ以上登ることはできそうにない。

それにもうくたくたで、眠くて仕方ない。

「明日、晴れたら……もう少し登りましょうね」

ミリセントはゼーダを抱きしめ、再びうとうとしてしまう。

ゼーダが、しきりに鼻声を出し、目覚めさせようとするが、瞼が重くなってとても持ち上げることができなくなった。

朦朧とした頭の中で、ぼうっと考える。

もしかしたら、このまま死んでしまうのかもしれない。

でも、もう悔いはない。

ジルベスターに出会い、彼を愛し彼に愛され、生まれて初めて生きている喜びを知った。

この数ヶ月で、何年分もの濃密な人生を過ごした。だから、もう――。

意識が遠のいていく。

「――セント――」

どこかで懐かしい声がする。

「ミリセント！　ミリセント！」

力強く澄んだ声が、名前を呼ぶ。

「……ん」

ミリセントはぼんやり目を開く。

と、ふいにがばっとゼーダが飛び起き、洞窟の外へ飛び出して行った。

「ゼーダ？」

わんわんと激しい勢いでゼーダが吠え立てている。

ミリセントは何事だろうと、のろのろと身を起こそうとした。

直後、風のように洞窟の中へ飛び込んで来た長身の影。

「ミリセント！」

ミリセントは目を見開き、これはまだ夢の続きかと思う。

雪まみれのジルベスターが、目の前に立っていた。

「ああ、ミリセント！　よかった、間に合った。ああ、ミリセント！」

ジルベスターが素早く自分のコートを脱ぎ、それでミリセントを包むと横抱きにした。

「——ジルベスター様……？」

ミリセントは信じられない気持ちでいた。

「なんてあなたは無謀なことを——あなたがいなくなったら、私は生きてはいけない。ミリセント、ミリセント」

ジルベスターはミリセントの冷えた額や頰に繰り返し口づけをしながら、声を震わせる。口づけが濡れている。

ミリセントはジルベスターは泣いているのか、とぼんやり思う。

「どうして？　どうして、ここに？」

「あなたが城を出たと知り、手を尽くして、あなたの行方を捜索した」

ジルベスターはミリセントを抱え直すと、洞窟を出た。

吹雪は止んでいて、空には星が瞬いていた。

「大きな犬を連れた少女が、『魔女の山』の方に向ったという辻馬車屋の情報を得て、私は悟った。あなたはひとりで、幻の白い花を求めてあの山に登ろうとしているのだと。だから、無我夢中で早馬を飛ばし、後を追ったのだ」

ミリセントは胸が熱くなる。

「私を追って？　お一人で？　そんな……無茶《むちゃ》な……」

「あなたを手放すものか」

ジルベスターがぎゅっと抱きしめてきた。

「愛している、愛している」

「ジルベスター様……」

ミリセントは歓喜の涙が溢れてきた。彼の首に両手を回し、強く抱き返す。

「ごめんなさい。ジルベスター様と宰相様のお話を、聞いてしまったの。私がいると、ジルベスター様のおためにならないと、そう思って。ジルベスター様には、ご立派な皇帝になっていただきたいの」

「あなたがいない私の人生など、もう考えられぬ。死ぬなら、一緒だ」

「ジルベスター様……」

ミリセントは万感の思いでジルベスターを抱き締めた。

と、暗闇から、ざくざくと雪を踏みしめる大勢の足音が近づいてきた。

「では、一緒に死んでいただこうか」

がらがらした野太い声がした。

二人はぎくりとして、声のする方を振り向く。

そこには、人足たちに担がせた輿《こし》に乗ったゴッデル宰相と、背後に一小隊ほどの兵士たちがいた。

「賢皇帝にあらざる、無謀な行いでございましたな。陛下。御身一人でこのような人里離れた山の中に来られるとは。暗殺してくださいといわんばかりではないですか。恋は盲目と、よく言ったものですな」

ゴッデル宰相の目が、勝ち誇ったように眇められる。

ミリセントは恐怖で慄いた。ジルベスターによかれと思ったのに、結果的に自分の身勝手な行動が、最悪な事態を招いてしまったのだ。

「ジ、ジルベスター様……に、逃げて……私を捨てて、お逃げください」

ジルベスターの耳元で声を震わせたが、彼は微動だにしない。

それどころかひどく落ち着いた態度で、ミリセントを抱いたまま一歩前に踏み出した。

ゼーダが二人の前を守るように立ちふさがり、喉の奥でううと唸る。

「反乱とはな。本性を剥き出しにしたな、ゴッデル宰相」

ジルベスターが静かな声で言う。

「いずれ、私の退位だけでは納得しないだろうと思っていた」

ゴッデル宰相が口元を歪めて笑う。

「その通りです。あなたが生きている限り、支持者が復権を求めるのは目に見えている。この国の権力を完全に牛耳ることはできない。ですから、ここで死んでいただく」

ゴッデル宰相が片手を上げると、背後の兵士たちがじりっと前進してきた。

「待て。その前に、ゴッデル宰相、お前はミリセントの薬を持っているのか？」

ゴッデル宰相は急に話を変えられ眉を顰めたが、懐から小さなガラスの薬瓶を取り出した。

「ここに」

ジルベスターは視線をゴッデル宰相に据えたまま、言う。

「では、それを彼女に渡してくれないか。私の命を奪うのはいい。だが、この乙女の命を奪う意味はないだろう？」

ゴッデル宰相が苦笑めいたものを浮かべた。

「それが、皇帝たるあなたの最後の言葉ですか？」

ジルベスターはうなずく。

「そうだ」

ゴッデル宰相は哀れむような声で言う。

「なるほど、よほどその姫を愛しているとみえる。勝者の情けです。薬は娘にやりましょう」

ジルベスターはおもむろにミリセントの身体を下ろし、地面に立たせた。

「ミリセント、さあ、お行き、薬を受け取るんだ」

促されたが、ミリセントは愕然として小さく首を横に振った。

「いや……いやです。私だけ生き残るなんていや！」

「ミリセント」

ジルベスターが少し強い口調で言う。

「あなたが死んだら、私も生きていけない。ならばせめて、あなただけでも生きねばならぬ。それが、私の最後の願いだ。聞き届けてくれ」

「っ――」

ミリセントは抑えきれないやるせなさと愛情とで、涙が溢れてきた。

「さあ」

そっと背中を押され、よろよろと前に進み出た。

ゴッデル宰相が側の侍従に薬瓶を渡すと、その者が近づき、薬瓶をミリセントに差し出す。

ミリセントは震える手でそれを受け取った。

ひんやりしたガラス瓶の感触が、胸に突き刺さるように冷たい。

ジルベスターを振り返ると、彼は晴れやかに微笑んだ。

「いい子だ。私の目の前で、それを飲むんだ。それを見届けて、私は喜んで命を差し出そうぞ」

「ジルベスター様……」

「早くお飲み」

二人の間に、見えない糸のような緊張感がぴーんと張り詰めた。

ミリセントはまっすぐジルベスターを見つめ、心を込めて言った。

「ジルベスター様、愛しています。これほどの愛をいただき、私はもう、何も思い残すことはないでしょう」

その直後、ミリセントは手にしてた薬瓶を思いきり、足元の雪から頭を覗かせていた石の上に叩きつけた。

がちゃんと鋭い音がし、薬瓶は粉々に砕け、中の水薬が飛び散った。

「あっ」

ゴッデル宰相が驚愕した声を上げ、ジルベスターも呆然とした表情になる。

ミリセントは微笑みながら、ジルベスターに歩み寄った。

そして、手を差し伸べる。

「死ぬときは一緒です――」

ジルベスターは感に堪えないという面持ちで、黙ってその手を握った。

呆気《あっけ》にとられていたゴッデル宰相が、やにわに大声を出す。

「ふ、ふん！　もう茶番はたくさんです。では、二人とも死ぬがいい！」

ゴッデル宰相が手を挙げて合図しようとした刹那、ひゅん、と空を切る音がした。

「ぎゃあっ」

甲高い悲鳴を上げて、ゴッデル宰相が輿からどさりと落下した。

何処《どこ》からともなく矢が飛んで来て、ゴッデル宰相の胸を射抜いたのだ。

うつ伏せに倒れたゴッデル宰相は、ぴくりとも動かない。

ゴッデル宰相の連れてきた反乱兵士たちが、わっとざわめく。

直後、ジルベスターが、さっと前に進み出た。

「全員武器を捨てよ！　貴様らは、すでに幾重にも包囲されている！」

朗々と響く凛《りん》とした声とともに、わああっと大きな鬨《とき》の声が上がった。

ふいに松明《たいまつ》が明々と灯り、周囲の様子がはっきり目にできた。

いつの間にか、何個師団もの武装した皇帝軍が、周囲を取り囲んでいた。

ジルベスターはきっぱりと言い放つ。

「降伏せよ。逆らうものは、その場で命を奪う」

浮き足立った反乱兵士たちは、次々に武器を地面に捨てた。

ジルベスターが命令した。

「反乱者は全員捕縛せよ」

一斉に皇帝軍の兵士たちが動き、反乱兵士たちを一網打尽にする。

「あ……ぁ」

ミリセントは目の前の嵐のような出来事に、立《た》ち竦《すく》むばかりだ。

ジルベスターが背後から、やんわりと抱いてくる。

「恐ろしい思いをさせたな、ミリセント。だが、宰相を欺き油断させるためには仕方なかったのだ」

ジルベスターの力強い鼓動を背中に感じ、どっと安心感が襲ってきた。

形勢は逆転し、宰相の野望は潰《つい》え、すべては終わったのだ。

ミリセントは、そっとジルベスターのたくましい腕に自分の手を添えた。

「では、最初から、ここまで計算しておられたのですね？」

「その通りだ。私が単身あなたの後を追ったと知れば、宰相がここぞとばかりに追撃してくるだろうと踏んでいた。この期に彼の陰謀を暴くため、密かに私の軍隊を引き連れていたのだ。私一人が宰相と対峙し、彼の口から悪事を吐かせるつもりだった。宰相は、私があなたに夢中だと知っているから、私が無茶な行動に出ることに疑いを持たぬだろうと思ったのだ。だが勘違いするな。どんな状況であれ、私はあなたの元へ駆けつけたろう」

ミリセントは、危機にあってなお冷静沈着なジルベスターに、あらためて尊敬と愛情が湧く思いだった。

「ああ……よかった。これで、ジルベスター様は退位せずに、ずっと……」

「なにもよくない！」

ジルベスターの声が苦渋に満ちる。

「よもや——あなたが自ら薬を破棄してしまうとは——そこまでのあなたの深い愛に、私は気がつけなかった」

ふいに感極まったのか、ジルベスターが骨も折れよとばかりにぎゅうっと抱き締めてきた。

「あなたの病を治す手立てを失ってしまった——」

血を吐くような苦しげなジルベスターの口調に、ミリセントは肩越しに振り返り、爽やかに笑ってみせた。

「いいえ、いいえ。今回は薬は失ってしまったけれど、きっときっと、また薬は手に入ります。希望はいつだってあります。私はジルベスター様に出会ってから、これまで何度も、もうダメだと思ったけれど、いつだってあなたは私を救ってくれた。だから、次回だって必ずあります。私、少しも落胆していません」

それは強がりでもなんでもなく、ミリセントの本心だった。

どんな時でも、ジルベスターと一緒なら新しい希望が生まれてくるに違いない。

ジルベスターがせつない顔で見つめてくる。

「あなたは――なんと強い人だろう」

ミリセントは愛情込めて見つめ返した。

「いいえ、ジルベスター様に愛されて、強く生まれ変わったのです」

「ミリセント――」

ジルベスターが顔を寄せ、そっと唇を重ねてきた。

ミリセントは目を閉じ、口づけを受ける。

「――陛下、反乱兵、すべて捕縛しました」

皇帝軍の兵士が、遠慮がちに声をかけてきた。

「ゴッデル宰相は――手当の甲斐なく、先ほど息を引き取りました」

「そうか――因果応報とはいえ、無残な最期だな」

ジルベスターは苦々しくつぶやき、やがて顔を上げ、皇帝の顔に戻って厳格に命令した。

「よし。夜明けとともに、下山する。準備せよ」

「はっ」

その兵士が立ち去ると、ジルベスターは再びミリセントに啄ばむような口づけを繰り返し、優しくささやいた。

「日が昇ったら、ともに城に戻ろう」

「はい」

二人は、兵士たちが野営用に設置した天幕に入ろうとした。

と、ミリセントの足元に、ぽとりとなにか落ちた。

ジルベスターはそれを拾い上げる。

「ミリセント、あなたのロケットが外れて落ちたよ」

「まあいけない、母の大事な形見ですのに」

ミリセントは慌てて手を差し出す。

だが、ジルベスターは手の中のロケットをじっと見つめて動かない。

「どう、なさいました？」

「この、ピアスはどうした？」

ロケットの蓋が開いて、中に仕舞ってあった大事なエメラルドのピアスが溢れ出たのだ。

「そ、それは――その昔、私がもらった思い出のもので……」

すると、ジルベスターが懐に手を入れ、銀の煙草入れを取り出し、ぱちんと蓋を開けた。

「あっ？」

そこには、同じピアスの片方が入っていた。

「ジルベスター様、それは？」

ミリセントは声が詰まった。

ジルベスターも驚きを隠せない表情だ。

「これは、私が少年の頃に付けていたピアスだ。私はこの片方を、とある辺境の朽ちた山小屋の中に置いて行ったのだ。そこに来るはずの、白い髪の美しい少女に、別れの印として――」

「っ――で、では、あの時の怪我を負った少年は、ジルベスター様？」

ジルベスターが目を瞠《みは》る。

「あなたなのか？　あの時の、白い少女はあなただったのか？　だが、あなたは黒髪だ」

ミリセントは涙声で答えた。

「これは――染めております。ジルベスター様や他の人間に不快感を与えないようにと、父王の配慮で……」

「あ、ああ――」

ジルベスターが声を震わせ、ミリセントを抱きしめた。

「会いたかった、会いたかった。私の白い天使、私の初恋の少女に！」

ミリセントは夢中で抱き返す。

「私も……！　ずっと大事な思い出として、あの少年のことを、片時も忘れたことはありませんでした」

二人は感極まり、ただただ強く抱き合っていた。

その夜。

一つの毛布にくるまって、ジルベスターとミリセントは、天幕の囲炉裏《いろり》の火を見つめながら、あの時のことをぽつぽつ語らった。

「私と母妃は、暗殺者に追われ、母は私を庇って命を失い、私は崖から激流に飛び込み、はるか下流の河辺に流れ着き、九死に一生を得て、あの山小屋まで這いずっていったのだ」

「そうだったんですね……」

「そこで出会った、天使のような少女に、初めから心奪われた。それが、あなただったのだね」

「私も、一目で少年のあなたに惹かれたのです」

「あなたと過ごした短い日々、私の人生の一番美しく愛おしい思い出だ」

「ええ、同じです。二度と会えないとわかっても、忘れられませんでした」

「別れも告げずに去ってすまなかった。私を捜索に来た父の兵士たちに、有無を言わさず連れ去られてしまった。あのピアスを残していくだけで、精いっぱいだったのだ。もしかしたら、あなたが気がついてくれるかもしれない、私の気持ちに、と思って」

ミリセントは、首からかけたロケットにそっと触れる。

「ええ、あなたの気持ち、ちゃんと受け止めました」

「私は母の無残な死に、いつか皇帝になったら後宮制度は廃止しようと決意したんだ。そして、あの少女のような、無垢だがしかし芯の強い女性に出会えれば、きっとその人を愛するだろうと思っていた」

「ああ、なんという運命でしょう」

ミリセントは喜びとせつなさに、胸がいっぱいになる。

ジルベスターも同じ気持ちらしく、労わるように優しく抱き寄せてくる。

「そうだね、私たちは運命の糸に導かれ、やっとここまできたのだ」

ミリセントは目を上げ、火に照らされたジルベスターの端整な顔を見つめる。

「過酷だと思っていた運命に、今は感謝します。こうして、あなたと愛し合えた。この先、きっと後悔も心残りも、なにもないでしょう」

ジルベスターが顔をうつむけ、ミリセントの顔を覗き込む。

「きっと、最後には、運命は私たちに微笑んでくれるとも」

ジルベスターはミリセントの左手を取って、その甲にそっと口づけた。

「もう、二度と離さない」

ミリセントは感動のあまり、鼻がつんと痛くなるの感じた。

「もう、二度と離れません」

こうして、二人は夜明けを待った。

ジルベスターはずっとミリセントを抱いて離さない。

ミリセントはジルベスターの腕の中で、とろとろと浅い眠りに落ちていた。

と、ふいにジルベスターに揺さぶられ、ハッと目を覚ます。

「ミリセント、夜が明けきたよ、起きなさい」

「あ、はい……」

「『皇帝』の山腹から、世界の夜明けを眺めようか」

「ふふ、そうですね」

二人は手を取り合って、天幕の外へ出る。

周囲はうっすら明るくなっていて、はるか東の地平から真っ赤な朝日が頭をもたげ始めていた。

周囲の山々はすべて朱色に染まり、壮大で華麗な風景にミリセントは息を呑む。

「ああ……なんて美しいの」

日は沈んでも、何度でも夜明けは訪れる。

まさに希望の光景だ。

うっとりと日の出に見とれていた時だ。

突然、わんわんとゼーダがけたたましく吠えた。彼は目の前の雪野原をぐるぐると駆け回っては、二人に向かってしきりに吠え立てる。

「どうしたのだ、ゼーダ」

ジルベスターとミリセントは、手を取り合ったままゼーダの方へ歩き出した。

ゼータがぐるぐる回っている辺りに、雪を押し上げて何か白いものが見えた。

「っ——⁉ これは？」

ジルベスターはミリセントの手を離すと、脱兎《だつと》のごとくその場に駆けて行き、跪いた。

そして、ミリセントに手招きした。

「ミリセント！　おいで！」

「は、はい」

彼の血相を変えた様子に、何事かと走り寄った。

ジルベスターは顔を上げた。

「ごらん、希望だ」

「あっ……」

ミリセントは声を失う。

ジルベスターの膝元に、可憐《かれん》な白い花がいくつも寄り添うようにして咲いていた。

「この花は……？」

ジルベスターが両手で根ごと掬い取るようにして、花を摘んだ。彼はその花を、ミリセントの方へ掲げた。

「あなたの命を救う花だ。ミリセント、これを結婚指輪がわりにあなたに捧げよう」

ジルベスターが晴れ晴れとした声で言う。

「結婚してくれ、ミリセント」

「っ――」

「ほんとうは、城に戻ったらあなたに求婚するつもりでいた。あなたの病気にかかわらず、私の生涯の連れ合いは、あなたしかいないと決めていた」

「ジルベスター様……」

ミリセントは胸にぐっと込み上げるものを押し殺し、そっと両手をジルベスターの手に添えた。

「はい……はい、もちろんです、はい、はい、はい！」

繰り返し繰り返し答えた。

堪え切れなくなり、うれし涙が後から後から溢れ、それに朝日が反射して、きらきらと美しい宝石のように輝いた。

終章

ミリセントがハイゼン皇国に嫁いできて、二年目の初夏。

その日、ミリセントは皇城の最上階にあるサンルームで、ゆったりとソファに寛いで、肖像画のモデルになっていた。足元には、ゼーダが大人しくうずくまっている。

ミリセントの前でキャンパスに筆を振るっているのは、親友のアガーテだ。

アガーテの描いたミリセントの肖像画を見たジルベスターが、彼女の腕を買い、皇家専属の画家として雇うことにしたのだ。

フリーダが、茶器や菓子を載せたワゴンを押してはいってきた。

「お茶をどうぞ、お妃様。画家の先生も」

フリーダはカップに紅茶を注ぎ、ミリセントとフリーダに差し出す。彼女はキャンパスを覗き込み、感心したように言う。

「まあ、まるでお妃様が生きているようです。この次は、陛下とお子様と三人の肖像画を描いてもらうといいですわね」

アガーテは嬉しそうにうなずく。

「ええ、そのつもりなの」

フリーダが退出し、お茶を飲み終えたアガーテは、ミリセントに声をかける。

「今日はこのくらいにしますか？　お妃様」

「アガーテ、その呼び方はやめてちょうだい。二人きりの時は、ミリセント、と呼んでほしいの」

アガーテが顔を赤らめる。

「そうだけど、やっぱり緊張しちゃうわ。だって、本物の皇妃様なんだから」

ミリセントが微笑む。

「ふふっ、どうか気を使わないで。その方が、私もリラックスできるわ」

アガーテが気遣わしげにうなずいた。

「そうね、あなたは出産を控えているんですものね、うんと気楽になってもらわなきゃね、ミリセント。気分が悪くなったら、いつでも言ってよ」

「ええ、ありがとう」

ミリセントはふっくらした自分のお腹を優しく摩った。

「とても気分はいいわ。お腹の赤ちゃんも元気よ」

そこへ、公務の服装のままのジルベスターがふらりと現れた。

「肖像画は進んでいるか？」

「あ、陛下」

アガーテが慌てて平伏しようとすると、ジルベスターが手を振って押しとどめる。

「いや、私はちょっと妃の顔を見に寄っただけだ。そのまま、仕事を続けなさい」

彼はミリセントに近寄ると、そっと頬に口づけした。

「疲れてはいないか？　出産前の身体だから、大事にな」

ミリセントもジルベスターの頬に口づけを返した。

「ありがとうございます、ジルベスター様」

ジルベスターは愛しげにミリセントを見つめ、そっとミリセントの腹部に触れた。

「赤子の誕生が待ち遠しい。こんなわくわくして満ち足りた気持ちは、生まれて初めてだ」

「私もです」

二人は万感の思いで見つめあった。

「皇帝」を下山後、城に戻ったミリセントは、摘んできた白い花を煎じて作った薬を飲み、心臓の寄生虫を駆除した。薬を飲んだ直後、心臓のあたりにまとわりついていた重苦しさが、すうっと消えていった。心臓の上に浮かび上がっていた赤い痣も、数日後には綺麗に消滅した。心臓発作も、二度と怒らなかった。

すっかり健康体になったミリセントに、ジルベスターは正式に求婚し、彼女はそれを受けた。

皇帝ジルベスターが、ミリセントを正妃にすると公に発表したのは、それから半月後のことだ。

同時に、ジルベスターは長年に亘って皇家の慣例として設置されてきた後宮の仕組みを、すべて解体することを決定した。

これにより、後宮の権力をほしいままにしてきた前第一妃と前第二妃は、後宮を追放されて、辺境の別城に住むことを命令される。

宰相という大きな後ろ盾を無くした前第一妃と前第二妃は、それに反対する力を失い、従うしかなかった。

ジルベスターは他の女性たちは、全員後宮の建物に住むことを許し、今まで通りの彼女らの生活を生涯保証することを約束した。

後宮という名称は廃止され、一般的な離宮と呼ばれることとなり、ここにハイゼン皇国の後宮は完全に消滅したのである。

ジルベスターとミリセントは三ヶ月後、首都の大聖堂で厳粛に結婚式を挙げた。

国民は、賢皇帝と雪のように白い髪と肌を持った美しい皇妃の結婚を、心から祝福した。

ほどなく、ミリセントは懐妊したのである。

そして、今。

いつまでも二人が見つめ合っているので、アガーテがもじもじした。それから彼女は、足音を忍ばせて、サンルームを出て行こうとする。

ゼーダがそれに気がつき、頭をもたげたが、アガーテが口元に人差し指を当てたので、彼は再び前足に顎を乗せた。

ジルベスターはちらりと横目でアガーテの動きを追い、くすりと笑った。

「画家先生に気を使わせてしまった」

ミリセントもアガーテがこっそりと退出したことに気がつき、目元を赤らめて笑い返した。

「後で、アガーテに謝っておきますわ」

「それがいいな――ミリセント、愛しているよ」

さらりとジルベスターが言うので、ミリセントはさらに顔が上気した。

でも、恥じらいながら答える。

「私も、愛しています。ジルベスター様」

足元のゼーダが、二人を冷やかすみたいに小さく、わん、と吠えた。

あとがき

皆さん、こんにちは、すずね凜です。

今回のお話、楽しんでいただけましたか？

このお話では、犬が結構重要な役割を果たしています。私自身、今飼っている犬で四代目。大の犬好きなんです。

彼らは何万年前から人類と生活を共にしてきた動物で、ほんとうに人間の気持ちを読み取るのが上手です。そして、こちらの意思を理解する能力にも長けています。

飼い主への同調性ということに関しては、もしかしたら人間の旦那より優れているかもしれません（笑）

甘くほろ苦いお話に華を添えてくれた、イラストレーターの旭炬先生に感謝申し上げます。

編集さんには、いつも的確なアドバイスをいただき、助けてもらってばかりです。多謝。

そして、読者の皆様にも、いつも応援ありがとうございます！

また、どこかでお会いできるのを楽しみにしております。

すずね凜

Mitsuneko Label

蜜猫文庫をお買い上げいただきありがとうございます。
この作品を読んでのご意見・ご感想をお聞かせください。
あて先は下記の通りです。

〒102-0072　東京都千代田区飯田橋 2-7-3
（株）竹書房　蜜猫文庫編集部
すずね凜先生 / 旭炬先生

絶対君主の甘美な寵愛
～薄命の王女は愛に乱れ堕ちて～

2019 年 12 月 28 日　初版第 1 刷発行

著　者　すずね凜　

発行者　後藤明信

発行所　株式会社竹書房
〒102-0072 東京都千代田区飯田橋 2-7-3
電話　03（3264）1576（代表）
03（3234）6245（編集部）

デザイン　antenna

印刷所　中央精版印刷株式会社

Printed in JAPAN
ISBN978-4-8019-2117-7　C0193
この作品はフィクションです。実在の人物・団体・事件などには関係ありません。

ちろりん
Illustration DUO BRAND.
有能な軍人皇弟はカタブツ令嬢を甘く溺愛する
お前のすべては
俺だけが知ればいい
考古学者のゾーイはバロガロス帝国と軍事協定を結ぶための通訳に抜擢される。彼女を指名したのは相手国の皇弟で、かつて袖にしたヴァルゼスだった。彼は滞在中にゾーイを口説き落とすという。「俺を少しでも憐れだと思うのならお前に触れる権利をくれ」跪いて懇願されある約束と引き換えに体を許してしまうゾーイ。情熱に翻弄され乱れた一夜。隠していた想いを自覚するも彼女にはヴァルゼスを受け入れられない事情があって⁉